Jens Schumacher's

Welt der 1000 Abenteuer

Der Schatz der Oger

Ein Fantasy-Abenteuer mit DIR in der Hauptrolle

Mit Illustrationen von Wolf Schröder

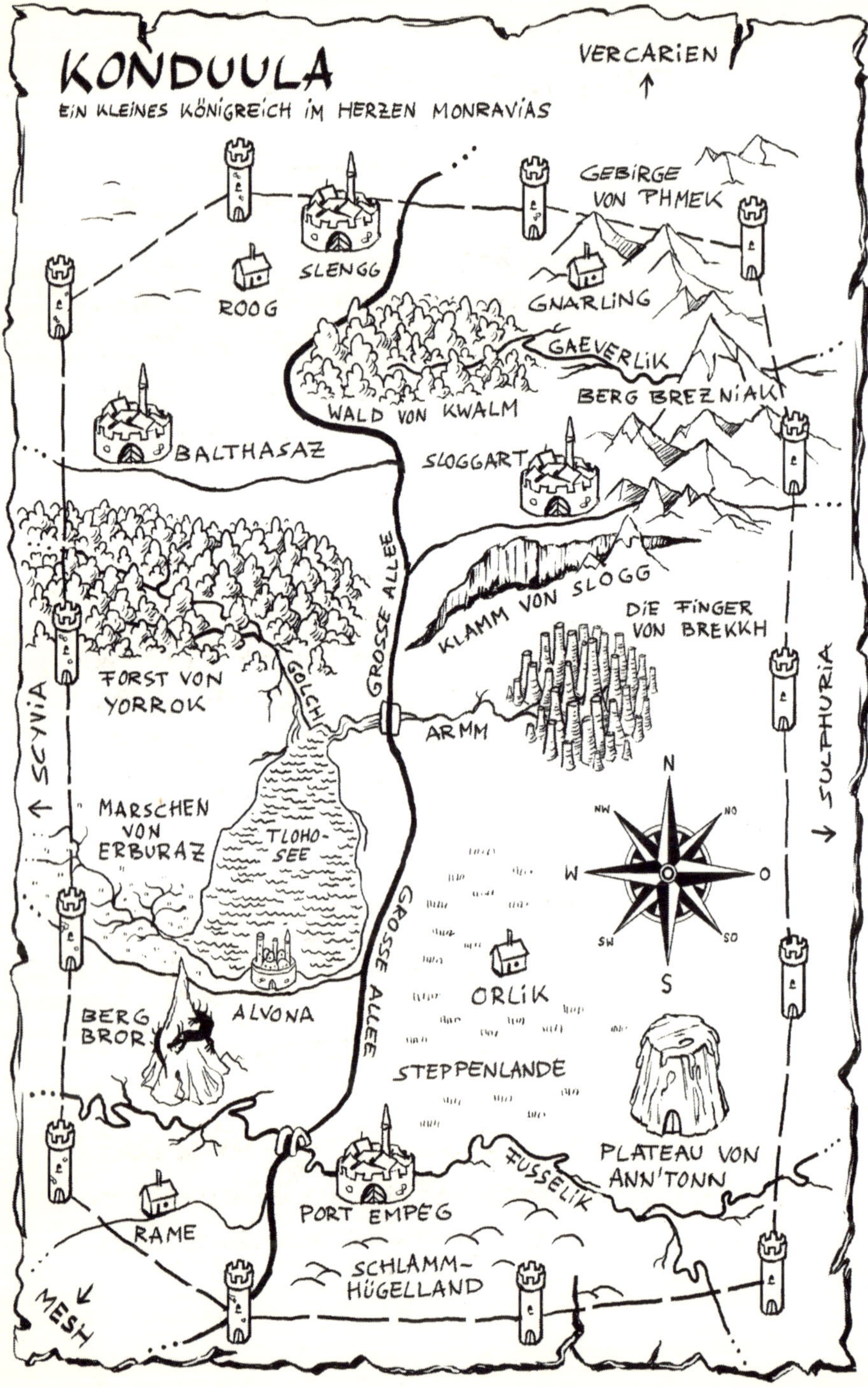

KONDUULA
EIN KLEINES KÖNIGREICH IM HERZEN MONRAVIAS
VERCARIEN
GEBIRGE VON PHMEK
SLENGG
ROOG
GNARLING
GAEVERLIK
WALD VON KWALM
BERG BREZNIAK
BALTHASAZ
SLOGGART
GROSSE ALLEE
KLAMM VON SLOGG
DIE FINGER VON BREKKH
FORST VON YORROK
GOLCH
ARMM
SCYVIA
SULPHURIA
MARSCHEN VON ERBURAZ
TLOHO-SEE
N
NW
NO
W
O
SW
SO
S
ORLIK
BERG BROR
ALVONA
STEPPENLANDE
PLATEAU VON ANN'TONN
FUSSELIK
PORT EMPEG
RAME
SCHLAMM-HÜGELLAND
MESH

Willkommen, Abenteurer!

Wenige Seiten trennen dich von Monravia, einer fantastischen Welt voll verwunschener Wälder, nebelumwallter Gebirge, reißender Flüsse und labyrinthischer, uralter Städte. Es ist eine wilde, abenteuerliche Welt, bevölkert nicht allein von Menschen, sondern auch von allerlei fremdartigen Lebewesen – friedliebenden und solchen, denen man lieber nicht nach Einbruch der Dunkelheit begegnen möchte.

Du schlüpfst in die Rolle eines jungen Schmiedegehilfen und wirst, bevor du dichs versiehst, in ein gefährliches Abenteuer verstrickt: Ob du willst oder nicht, von deinen Entscheidungen hängt das Schicksal deines verschollenen Vetters ab! Kannst du den gefährlichen Wald der Oger lebend durchqueren und Bolko unbeschadet zurückbringen?

Wie man dieses Buch liest

»Der Schatz der Oger« ist kein Buch im normalen Sinne. Es ist ein Fantasy-Abenteuer-Spielbuch. Das bedeutet, es wird nicht einfach von vorn nach hinten durchgelesen.

In diesem Buch bestimmt niemand anders als *du*, wie die Geschichte abläuft! Von dir hängt es ab, welche Wege du einschlägst, gegen welche Gegner du kämpfst und welche Geheimnisse du aufdeckst, wenn du dich im finsteren Wald der Oger auf die Suche nach deinem Vetter Bolko begibst.

Für das größtmögliche Spiel- und Lesevergnügen musst du ein paar einfache Regeln beachten. Die wichtigste: *Lies die Abschnitte dieses Buches nicht in der Reihenfolge ihrer Nummerierung!* Arbeite dich stattdessen Abschnitt für Abschnitt durch die Geschichte, indem du die Anweisungen am Ende jeder Textpassage befolgst. Du wirst merken, dass sich so unzählige Möglichkeiten ergeben, die Geschichte immer wieder neu zu lesen.

Bei aller Vielfalt gibt es jedoch nur eine Route, auf der sich dein Abenteuer zu einem erfolgreichen Ende führen lässt. Sie lässt sich mit einem Minimum an Risiken und Gefahren bewältigen, ist allerdings nicht leicht zu finden. Sei daher nicht enttäuscht, wenn du beim ersten Mal keinen Erfolg hast. Starte einfach von vorn und unternimm einen neuen Versuch.

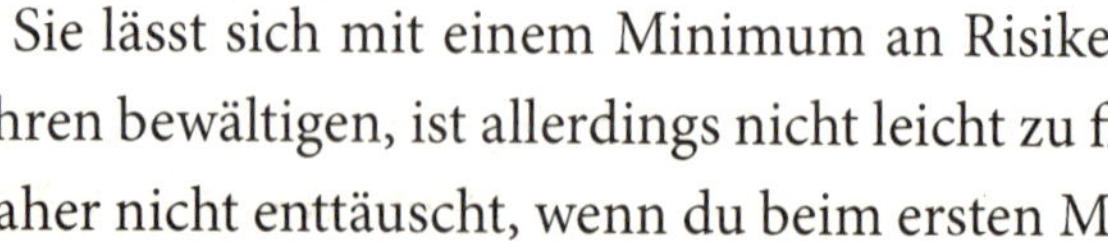

Besitztümer, Hinweise & das Schicksal

Zu Beginn deines Abenteuers besitzt du nur eine recht bescheidene Ausrüstung. Du hast einen Rucksack, in dem du gefundene Gegenstände verstauen kannst, und eine Machete, die dir hilft, dir einen Weg durch dichtes Buschwerk zu bahnen. Außerdem verfügst du über eine Karte von Konduula, deinem Heimatland im Herzen Monravias (Seite 4), die dir in manchen Situationen bei der Orientierung hilfreich sein wird.
Im Verlauf deiner Reise wirst du weitere Dinge finden, die du an dich nehmen kannst. Wenn dies der Fall ist, trage den entsprechenden Gegenstand unter BESITZTÜMER auf deinem **Abenteuerblatt** (Seite 19) ein.

Manchmal bist du auf der Suche nach der Lösung eines bestimmten Rätsels auf Informationen angewiesen, die du an einem anderen Ort erhältst. Stößt du auf einen Tipp, der dir nützlich erscheint, notiere ihn unter WICHTIGE HINWEISE auf deinem **Abenteuerblatt**, damit du die Information parat hast, falls sie später benötigt wird.

(Achtung: Wenn du neu startest, beginnst du dein Abenteuer jedes Mal wieder ohne Besitztümer oder Hinweise. Am besten nimmst du deine Eintragungen mit Bleistift vor, dann kannst du sie vor einem neuen Anlauf problemlos ent-

fernen. Wenn du nicht in das Buch hineinschreiben willst, fotokopiere das ***Abenteuerblatt*** *oder zeichne es ab.)*

So klug und vorausschauend du auch handelst, es wird dennoch bisweilen vorkommen, dass der Ausgang einer Situation allein von deinem Glück abhängt – oder davon, wie gewogen dir die absonderlichen Götter Monravias sind. In solch einem Fall wirst du aufgefordert, das Schicksal zu befragen. Blättere dann auf Seite 10, wo du einen Haufen wild gemischter Runensteine findest. Schließ die Augen und wähle blind einen davon aus. Der zufällig herausgepickte Stein bestimmt, wo es für dich vom aktuellen Abschnitt aus weitergeht.

Dein Talent

Außer deinem Kampfgeschick und deiner Schläue verfügst du noch über ein weiteres nützliches Hilfsmittel: dein Talent. Hierbei handelt es sich um eine spezielle Fähigkeit, über deren Anlagen du bereits seit deiner Geburt verfügst und die du im Laufe der Jahre immer weiter verfeinert hast. Bevor du dein Abenteuer beginnst, wähle ein Talent aus jenen aus, die auf dem **Abenteuerblatt** zu Wahl stehen. Die folgende Liste erklärt, was es mit den einzelnen Fähigkeiten auf sich hat.

Talent	Beschreibung
Klettern	Du kannst Bäume, Mauern oder andere Hindernisse ohne Hilfsmittel ersteigen oder überwinden.
Tiersprache	Du verstehst die Sprache nahezu aller Tiere Monravias und kannst dich darin verständlich machen.
Schriftenkunde	Du vermagst fremde Schriftzeichen aus anderen Sprachen zu lesen und ihren Sinn zu verstehen.
Verbergen	Du bist in der Lage, dich so zu verstecken, dass du mit deiner Umgebung verschmilzt und so gut wie unsichtbar wirst.
Vorahnung	Du kannst einschneidende Ereignisse, zum Beispiel Gefahren auf deinem Weg, wie ein Hellseher vorausahnen.

Das Abenteuer beginnt

Eines Nachmittags, du willst gerade die Schmiede deines Onkels Modrik ausfegen, in der du seit einem guten Jahr Lehrling bist, nimmt dich dein Onkel mit ernster Miene beiseite. Wie er dir anvertraut, macht er sich Sorgen um seinen Sohn Bolko, der seit Tagen verschwunden sei. Auch dir ist bereits aufgefallen, dass dein Vetter seit Längerem nicht zur Arbeit in der Schmiede erschienen ist. Da der faule, arbeitsscheue Zeitgenosse aber nur allzu gern mit fadenscheinigen Ausreden ein paar Tage blau macht, hast du dir nichts weiter dabei gedacht. Vorsichtig erkundigst du dich, ob er sich vielleicht mit einer Monatsration Zuckernüsse im Bett verstecke. Daraufhin nimmt dich dein Onkel bei der Hand und führt dich wortlos die steile Stiege zu Bolkos Dachkammer empor. Sie ist leer, so viel ist auf den ersten Blick zu erkennen, und das Fehlen von Tellern voller Essensreste lässt erahnen, dass sich dein Vetter seit Tagen nicht mehr hier aufgehalten hat. Stattdessen ist der Boden übersät mit Büchern, Zetteln und Landkarten – ein ungewöhnlicher Anblick, interessiert sich Bolko doch gemeinhin nur für Papier, wenn Speisekarten oder Kochrezepte darauf gedruckt sind. Beunruhigt macht dich Onkel Modrik auf einige geschichtliche Wälzer aufmerksam, die sich alle mit derselben Episode der Geschichte Konduulas beschäftigten: dem Krieg gegen die Oger.

Vor gut 800 Jahren hauste im Forst von Yorrok, einem finsteren Wald mehrere Tagesreisen südlich von Roog, ein Stamm menschenfressender Riesen, Oger genannt. In der Abgeschiedenheit des Forstes vermehrten sie sich, bis ihre Zahl in die Tausende ging. Eines Tages erkannte ihr Herrscher, ein Fürst namens Lormonossor, die Stärke seines Volkes und erklärte kurzerhand sämtlichen umliegenden Regionen Konduulas den Krieg. Die Oger plünderten Dörfer und Städte, raubten alles, was nicht niet- und nagelfest war und fraßen jeden, der sich ihnen in den Weg stellte. Rasch waren ihre Überfälle von Slengg bis Port Empeg gefürchtet, die Bevölkerung lebte in einem Zustand ständiger Furcht.

Unglücklicherweise verfügte der damalige Herrscher Konduulas, König Gesarl II., über kein Heer, mit dem er sein Volk hätte beschützen können. So sandte er seine Palastgarde nebst mehreren Hundert tapferen Bauern nach Yorrok. Doch der immensen Zahl der Oger und ihrer übermenschlichen Kraft konnte die bescheidene Truppe nichts entgegensetzen. Sie endete in den Kochtöpfen der Menschenfresser.

König Gesarl war der Verzweiflung nahe. Da hatte sein Sohn, der junge Prinz Gwitto, den rettenden Einfall: Mit einem handverlesenen Grüppchen tapferer Abenteurer, darunter ein Zauberer von beträchtlichen Fähigkeiten, reiste er nach Yorrok, wo er unbemerkt bis zur Siedlung der Oger und in Lormonossors Palast vordringen konnte. Dort gelang es dem Magier, den Ogerfürsten mit einem uralten Zauberspruch in Stein zu verwandeln.

Ohne ihren Anführer, der sie mit militärischem Geschick befehligte, stellte die tumbe Ogerhorde fortan keine Gefahr mehr dar. Gemeinsam mit Hilfstruppen aus dem benachbarten Königreich Scyvia stürmte König Gesarl wenig später die Ogersiedlung, wobei ein Großteil der Menschenfresser erschlagen und die Reste in alle Himmelsrichtungen versprengt wurden. Die Gefahr war gebannt.

Während du die Geschichtsbücher in der Kammer deines Vetters betrachtest, fragst du dich, weshalb sich Bolko so auffallend für diesen alten Konflikt interessiert haben könnte. Plötzlich erinnerst du dich an ein Gerücht, das man sich bis heute über Lormonossor erzählt: Im Zuge seiner Raubzüge soll »der Gierige«, wie der Ogerfürst genannt wurde, unermessliche Reichtümer zusammengetragen haben, kistenweise Gold und Geschmeide. Angeblich ließ er aus den wertvollsten Beutestücken eine Krone von unvergleichlicher Pracht schmieden, einen mit Brillanten besetzten Kopfschmuck, kostbarer noch als die königlichen Kronjuwelen Konduulas. Weder die Krone noch die übrigen Schätze konnten nach der Vertreibung der Oger je gefunden werden. Offenbar hatte Fürst Lormonossor sie zu Lebzeiten irgendwo im Forst von Yorrok versteckt.

Ein unangenehmer Verdacht befällt dich. Er bestätigt sich, als Onkel Modrik auf Bolkos Bett ein Stück Pergament entdeckt, beschrieben mit dessen krakeliger, schlecht lesbarer Handschrift:

Libe Muter, liber Vater,

ich, euer heldenhavter Liblingssohn, bin ausgezogn, um den fabulösen Schatz des Ogerfürstn zu findn. Wartet nicht mit dem Essen auf mich, es kann etwas lenger dauern. Wenn ich zurük komme, werdn wir raich sein!

Euer tapfer Sohn Bolko

Eine Durchsuchung des Zimmers bringt zutage, dass sowohl Bolkos Rucksack als auch sein Wanderstab und sein bestes Sonntagswams verschwunden sind. Kopfschüttelnd betrachtest du die Nachricht in deiner Hand: »Heldenhaft«, »tapfer« ... Wie es aussieht, hält sich dein Vetter wirklich und wahrhaftig für einen Helden. Er muss völlig übergeschnappt sein!

»Bestimmt hat er sich im finsteren Wald verirrt«, sorgt sich dein Onkel. »Falls ihm nicht noch Schlimmeres passiert ist! Und ich kann mit meinem schlimmen Fuß nicht ausziehen, ihn zu suchen.« Er starrt bedauernd auf seinen verkrüppelten Fuß, dann sieht er dich flehend an.

Ohne lange zu überlegen, erklärst du dich bereit, dich auf die Suche nach Bolko zu machen. Immerhin ist er dein Vetter. Abgesehen davon gäbe es in Roog außer dir kaum jemanden, der jung und kräftig genug für diese Aufgabe wäre – und bereit, für einen Tunichtgut wie Bolko sein Leben zu riskieren. Erleichtert statten dein Onkel und deine Tante dich mit Proviant aus, zusätzlich überreicht dir Modrik eine Machete, ein langes Hackmesser, mit dem du dir im dichten Gestrüpp des Waldes einen Weg freihacken kannst. (Trage die Machete auf deinem **Abenteuerblatt** ein.)

Als du wenig später aufbrichst, ahnst du, dass dir eine Reise ins Ungewisse bevorsteht. Was wird dich im Forst von Yorrok erwarten? Welche Gefahren mögen dort lauern? Und, am allerwichtigsten: Wird es dir gelingen, deinen Vetter in den Tiefen des Waldes aufzuspüren – lebendig?

Auf der Reise nach Süden erkundigst du dich in allen Dörfern, durch die du kommst, ob jemand deinen Vetter gesehen hat. Doch niemand kann sich an einen dicklichen Jungen in deinem Alter erinnern. Erst, als du beginnst, in den Gasthäusern nachzufragen, erhältst du brauchbare Informationen. Demnach hat Bolko tatsächlich gut drei Tage zuvor ebenfalls diese Route gewählt, Richtung Yorrok. Mit neuem Mut ziehst du weiter und überquerst wenig später die breite Handelsstraße nach Balthasaz. Am Vormittag des dritten Tages schließlich kletterst du eine breite Anhöhe hinauf – und bleibst mit offenem Mund stehen.

Vor dir, am Fuß einer Hügelkette, erstreckt sich ein Meer aus Grün. Wie jedes Kind hast auch du in der Schule gelernt, dass der Forst von Yorrok der größte und älteste Wald Konduulas ist. Doch erst jetzt, da du ihn in seiner ganzen Ausdehnung überblicken kannst, wird dir bewusst, *wie* riesig er ist. Die Kronen der dicht stehenden Bäume bilden eine durchgehende, tiefgrüne Fläche, über der Vogelschwärme kreisen. Aus der Entfernung sind die Vögel winzig wie Stechmücken. Ungefähr in der Mitte kannst du einen schmalen Einschnitt ausmachen, den

Fluss Golch. Dieser breite, schnell fließende Strom teilt mit seinen zahlreichen Nebenarmen den Wald in zwei Hälften. Ansonsten: nichts als Grün.

Während du auf die undurchdringlich wirkende Wand aus Bäumen zumarschierst, spürst du Verzweiflung in dir aufsteigen: Wie sollst du deinen Vetter in dieser Wildnis bloß aufspüren – von den Gefahren, die dort möglicherweise lauern, ganz abgesehen? Dir wird klar, dass du nur eine Aussicht auf Erfolg hast, wenn es dir gelingt, dich ganz in Bolko und seine Denkweise hineinzuversetzen und auf diese Weise den Weg zu rekonstruieren, den er eingeschlagen hat.

Was hätte Bolko an dieser Stelle getan?, fragst du dich, als die ersten Bäume wie eine Mauer vor dir aufragen. Die Antwort ist einfach: Der verfressene Kerl hätte natürlich zuallererst gerastet und etwas gegessen! Pflichtschuldig steckst du dir deine letzte Proviantration in den Mund und beginnst zu kauen. *Und jetzt?*

Du denkst scharf nach. So faul dein Vetter sein mag, dumm ist er gewiss nicht. Anstatt sich mühselig selbst einen Weg durchs Unterholz zu schlagen, hätte er gewiss nach einem bereits vorhandenen Wildpfad Ausschau gehalten, auf dem er ohne große Anstrengung zwischen den Stämmen hindurchmarschieren könnte. Du machst dich auf die Suche, und schon nach kurzer Zeit findest du einen schmalen Trampelpfad, der sich in südlicher Richtung durch Büsche und Bäume windet. Du beschließt, ihm zu folgen. Lies weiter bei **1**.

ABENTEUERBLATT

BESITZTÜMER:

- RUCKSACK

WICHTIGE HINWEISE:

TALENT:

- ☐ KLETTERN
- ☐ TIERSPRACHE
- ☐ SCHRIFTENKUNDE
- ☐ VERBERGEN
- ☐ VORAHNUNG

1 Kaum bist du in den Wald eingedrungen, reduziert sich das Sonnenlicht bis auf einen gedämpften grünen Schimmer, der hoch über dir durch die Baumkronen sickert. Nach wenigen Schritten hat sich die Luft um mehrere Grad abgekühlt und einen feuchten, moosigen Geruch angenommen. Aus den Bäumen ringsum ertönt ein Konzert von trillernden, pfeifenden, raschelnden Lauten, das deine Schritte auf dem mit abgestorbenen Blättern überzogenen Pfad mühelos übertönt. Nach einer Weile, du beginnst dich bereits zu fragen, ob du tatsächlich auf der richtigen Spur bist, kommt auf der rechten Seite des Weges eine mächtige Eiche in Sicht, fast so dick wie der Kirchturm von Roog. Am Fuß des Baums entdeckst du ein Rund aus niedergetrampeltem Gras. Die Fläche ist übersät mit abgenagten Hühnerknochen, Obstschalen und anderen Essensresten. Dazwischen sind die Überbleibsel einer kleinen Feuerstelle zu erkennen sowie einige lange Äste, die jemand so gegen den Baumstamm gelehnt und mit Laub und Zweigen bedeckt hat, dass ein einigermaßen geschützter Schlafplatz entsteht. Hier hat vor kurzem jemand Rast gemacht. Vielleicht Bolko? Möchtest du das verlassenen Lager genauer untersuchen, weiter bei **146**. Durchstreifst du lieber das umliegende Buschwerk, in der Hoffnung, dass der Erbauer des Unterschlupfs sich noch in der Nähe aufhält, weiter bei **79**. Interessiert dich dieser Ort nicht, kannst du auch ohne Umschweife dem Pfad folgen (**122**).

2 Mit dem Mut der Verzweiflung schleuderst du dem Ogerhäuptling die Worte entgegen, von denen du hoffst, dass sie ihn in Stein verwandeln, wie einst Lormonossor der Gierige durch einen Zauberspruch in eine Statue verwandelt wurde. Orguz hält inne und sieht dich einen Augenblick lang verdattert an. Dann hebt er von Neuem sein Hackmesser und stürmt vorwärts! Weiter bei **95**.

3 Zielstrebig hältst du auf den entfernten Lichtschein zu, doch immer öfter behindern dich dicke Schlingpflanzen, die quer über den Pfad wuchern. Auf die Dauer ist es zu anstrengend, sie mit der Machete durchzuhacken, daher gehst du irgendwann dazu über, einfach über oder unter ihnen hinwegzuklettern. Als du dich gerade über eine besonders dicke Liane schwingst, stößt diese plötzlich ein lautes Zischen aus! Binnen eines Wimpernschlags fühlst du dich von etwas Festem, Muskulösem umschlungen, ein gnadenloser Druck beginnt, deinen Körper zusammenzupressen. Entsetzt beobachtest du, wie sich die größte Riesenschlange, die du je gesehen hast, vollständig aus dem Dickicht windet! Ihr Leib umschlingt dich immer öfter, bis nur noch dein Kopf und deine Füße hervorschauen. Schon wird dir die Luft knapp – das Talent TIERSPRACHE (falls du es besitzt) nützt dir nun nichts, da du keinen Pieps mehr hervorbringst. **Befrag das Schicksal:** Erhältst du ᛡ oder ᛉ, weiter bei **76**. Ist das Ergebnis eine andere Rune, weiter bei **144**.

4 Der Schlüssel passt, die Falltür lässt sich öffnen! Darunter führt eine Stiege aus rohen Holzbrettern in die Tiefe. Am Fuß der Treppe liegt ein niedriger, ungleichmäßig ausgeschachteter Gang, auf dessen lehmigen Wänden dicke Büschel eines leuchtenden Mooses sprießen. Die Pflanzen geben ausreichend Helligkeit ab, um dich erkennen zu lassen, wohin du deine Füße setzen musst. Nach einigen Schritten werden die Wände des Tunnels feuchter, Wasser tropft von der Decke und sammelt sich in Lachen auf dem Boden. Du vermutest, dass über deinem Kopf der Fluss Golch dahinströmt. Ihn auf so bequeme Art und Weise zu unterwandern, hätte deinem faulen Vetter gewiss gefallen … und wer weiß, vielleicht ist Bolko ja auf ebendiesem Weg auf die südliche Seite gelangt? Ein paar Dutzend Schritte weiter wird es wieder trockener, dann taucht in der linken Seitenwand des Stollens eine Tür auf. Wie Hütte und Treppe ist sie aus grob gehauenen Holzlatten gezimmert. Du legst dein Ohr an das wellige Holz, doch dahinter ist nichts zu hören. Möchtest du versuchen, die Tür zu öffnen (weiter bei **189**), oder folgst du lieber dem Gang (**75**)?

5 Rechts des Weges, ein paar Schritte zurückgesetzt zwischen den Bäumen, machst du einen runden Umriss aus. Er stellt sich als eine Ansammlung von Laub und Ästen heraus – ein Nest, groß wie ein Wagenrad. Als du dich darüberbeugst, siehst du in der Mitte drei faustgroße, grün-schwarz gepunktete Eier liegen, möglicherweise von einem Vogel. Aufmerksam schaust du dich nach allen Richtungen um, aber von einem Muttertier ist nichts zu sehen. Willst du eines oder mehrere der exotischen Eier an dich nehmen, weiter bei **92**. Verzichtest du darauf, das Gelege zu stören, weiter bei **188**.

6 Ein kurzes Stück weiter öffnet sich der dämmrige Pfad auf eine große, runde Lichtung. In ihrer Mitte steht ein einzelner, riesiger Baum, dessen Äste, ähnlich wie bei einer Trauerweide, bis auf den Boden herabhängen. Im Unterholz rings um die Lichtung ist es unheimlich still. Kein Vogelzwitschern ist zu hören, kein Rascheln, Fiepen oder Kreischen dringt an deine Ohren. Es ist fast, als würden die Tiere des Waldes diesen Ort aus irgendeinem Grund meiden … Wirst du in diesem Augenblick von einem Löwenbär verfolgt? Wenn ja, weiter bei **59**, ist das nicht der Fall, bei **203**.

7 Während deiner Unterredung mit dem Ältesten ist die Dämmerung hereingebrochen. Die Äfflinge bringen dich zu einer kleinen Hütte, wo sie dir ein bequemes Nachtlager bereitet haben. Du bist so erschöpft, dass dir schon nach wenigen Minuten die Augen zufallen ... Hast du auf deinem Weg einem Äffling namens Mobert das Leben gerettet? Wenn ja, weiter bei **53**, wenn nicht, bei **178**.

8 Im Rucksack des bedauernswerten Wanderers findest du sechs Goldmünzen sowie eine Art Beutel aus dünnem, pergamentartigem Material. Du steckst beides ein, der Fremde hat schließlich keine Verwendung mehr dafür. (Vermerke deinen Fund auf deinem **Abenteuerblatt**.) Möchtest du nun deinen Durst mit etwas Wasser aus dem Brunnen stillen (weiter bei **108**) oder deine Suche nach Bolko lieber durstig fortsetzen (**225**)?

9 Du prustest und strampelst, doch der Gewalt der kalten Fluten hast du nichts entgegenzusetzen. Unbarmherzig reißt dich der Fluss Golch mit sich. Zunächst gelingt es dir noch, ab und zu an die Oberfläche zu kommen und nach Luft zu schnappen. Irgendwann jedoch lassen deine Kräfte nach, die Anstrengung und die eisige Kälte des Wassers fordern ihren Tribut. Als dich die Strömung das nächste Mal unter Wasser zieht, weißt du, dass du nicht wieder auftauchen wirst. Dein letzter Gedanke

gilt deinem Vetter: Was mag aus Bolko geworden sein? Dann dringt kaltes Flusswasser in deine Lunge ein, und alles um dich herum wird schwarz. Dein Abenteuer findet ein nass-kaltes Ende.

10 Im Näherkommen stellst du fest, dass das, was du für eine ungleichmäßig zerbröckelte Steinwand gehalten hast, in Wirklichkeit Zinnen sind, wie auf der Krone einer Burgmauer. Du untersuchst die gepflasterte Fläche im Innern der Einfriedung und stößt auf eine rechteckige Öffnung, von der sich eine enge Wendeltreppe hinab in die Finsternis windet. Jetzt wird dir klar, womit du es zu tun hast: Du stehst auf der obersten Plattform eines Turms, der einst im Sumpf errichtet worden sein muss. Im Laufe vieler Jahre, möglicherweise Jahrhunderte, ist er Meter um Meter im nachgiebigen Grund versunken, bis nur noch seine Zinnen über den Morast hinausragten. Du wirfst einen Blick in den Treppenschacht. Rätselhafterweise scheint das Innere des Turms frei von Schlamm zu sein. Ein diffuser Lichtschein aus der Tiefe lässt vermuten, dass sich Leuchtmoose auf den feuchten Mauersteinen breitgemacht haben. *Was, wenn Bolko irgendwo dort unten steckt?*, fragst du dich. Es gibt nur einen Weg, das herauszufinden: Du musst in den versunkenen Turm hinabsteigen. Willst du das tun, weiter bei **44**. Erscheint dir die Sache zu riskant, und du folgst lieber weiter dem Pfad, weiter bei **245**.

11 Unvermittelt biegen sich die Äste der Bäume und Büsche in deine Richtung und versuchen, sich wie Schlangen um deine Arme und Beine zu winden und dich festzuhalten! Du rennst schneller, wobei du mit deiner Machete kraftvolle Hiebe nach allen Seiten austeilst. Wider Erwarten ist dir das Glück hold: Du schaffst es, dich der Angriffe der verzauberten Pflanzen lange genug zu erwehren, bis du aus dem Einflussbereich der boshaften Kappa-Magie heraus bist. Ein paar Dutzend Schritte weiter ist das Unterholz glücklicherweise wieder so leblos und ungefährlich, wie es sich gehört. Mit klopfendem Herzen kehrst du zum Pfad zurück und folgst ihm nach **137**.

12 Seitlich des Weges kommen die Reste eines runden, aus Backsteinen gemauerten Brunnens in Sicht. Als du einen Blick hineinwirfst, erkennst du rostige Steigeisen, die an der senkrechten Wand des Schachtes in die Tiefe führen. *Ob Bolko diesen Weg eingeschlagen hat?*, fragst du dich. Bevor du dies überprüfen kannst, spürst du plötzlich die Hand deines grünpelzigen Begleiters auf der Schulter. »Brunnen nix gut«, verkündet Mobert. »Führen in Stollen, die Oger einst anlegen. Zu gefährlich, lieber weitergehen.« Du dankst dem Äffling für diesen hilfreichen Hinweis, lässt den Brunnen links liegen und folgst dem Pfad geradeaus, wo es bald merklich heller wird. Weiter bei **147**.

13 Du nimmst Anlauf und springst auf den ersten Felsbrocken, dann weiter zum nächsten. Alles läuft bestens. Als du mit einem besonders weiten Satz zum vierten Stein springst, rutscht dein Fuß jedoch auf der feuchten Oberfläche ab, und du schlägst der Länge nach ins eiskalte Wasser. Hastig tauchst du auf und versuchst, schwimmend das andere Ufer zu erreichen. Doch ein Rudel Piranhas hat bereits die Verfolgung aufgenommen! Wie silberne Pfeile schießen die kleinen Biester durchs Wasser, Sekunden später schlagen die ersten Fische ihre nadelspitzen Zähne in deine Beine. Gnadenlos rucken und zucken die gierigen Räuber an deinem Fleisch, während du verzweifelt um dein Leben paddelst. Der Schmerz ist unbeschreiblich, du verlierst rasend schnell Blut. Schon werden deine Bewegungen langsamer … das rettende Ufer wirst du nie erreichen. Dein Abenteuer endet hier.

14 Die Tür ist nicht verschlossen und lässt sich mühelos öffnen. Die Hütte besteht nur aus einem einzigen, fensterlosen Raum, die Luft im Innern ist feucht und stickig. Im spärlich durch die Tür hereinfallenden Licht siehst du dich um. Das einzig Interessante, das du findest, ist eine rechteckige Falltür im Boden. Du versuchst, die Klappe aufzuziehen, doch sie ist verschlossen. In der Mitte ist ein massives kupfernes Schloss ins Holz eingelassen. Besitzt du einen kupfernen Schlüssel? Wenn ja, *lies weiter bei dem Abschnitt, der der Anzahl der Zacken an seinem Bart entspricht!* Hast du keinen, gibt es in der Hütte für dich nichts weiter zu entdecken. Du verlässt sie und wanderst am Flussufer entlang. Weiter bei **209**.

15 Du widmest der Wand aus Buschwerk deine ganze Aufmerksamkeit, doch du kannst nichts Außergewöhnliches daran feststellen. Wie es scheint, wachsen die Farne und Sträucher an dieser Stelle einfach besonders dicht. Achselzuckend folgst du dem abknickenden Pfad nach links. Weiter bei **112**.

16 Nach kurzem Zögern steigst du in den Korb, der sogleich ruckend in die Höhe gezogen wird. Augenblicke später stehst du oben auf der Dorfplattform, umringt von Dutzenden schnatternder grüner Affenwesen. Nachdem sie dich eine Weile von allen Seiten begafft haben, erscheinen vier kräftige, mit Helmen und hölzernen Knüppeln bewaffnete Affen, offenbar eine Art Stadtpolizei. Sofort tritt Ruhe ein. Der vorderste spricht dich krächzend, aber gut verständlich an: »Was dich führen in Dorf von Äfflingen, Fremder?« Du überwindest deine Überraschung, stellst dich vor und erklärst den Äfflingen, dass du dich auf der Suche nach deinem Vetter Bolko befindest. Die Beamten der Stadtwache starren dich aus jeweils einem großen Auge skeptisch an … **Befrag das Schicksal:** Erhältst du ᛚ, ᛰ, ᛉ oder ᛗ, weiter bei **111**, bei jeder anderen Rune bei **201**.

17 Als er dein Angebot vernimmt, stößt Murzak vor der Tür ein heiseres Lachen aus. »Pah! Häuptling Orguz wird es mir mit dem Doppelten vergelten, wenn ich schön auf dich Acht gebe, du elende Wanze. Und jetzt halt den Rand, oder ich komme rein und schlage dir jedes Zähnchen einzeln aus!« Angesichts dieser unschönen Drohung hältst du es für das Klügste, dich ab jetzt ganz still zu verhalten. Weiter bei **87**.

18 Panisch fuchtelst du mit den Armen durch die Luft, zerklatschst ein Insekt nach dem anderen. Doch deine Gegenwehr macht die Hornissen nur noch wütender: Immer mehr riesige Insekten stürzen sich auf dich! In Sekundenschnelle bist du von Dutzenden schmerzhaften Einstichen übersät. Taumelnd, kaum noch

Herr deiner Sinne, kämpfst du dich den Pfad entlang, bis die schwarze Wolke endlich hinter dir zurückbleibt. Du hältst an, um deine Verletzungen zu untersuchen. Die Hornissen haben dich überall am Körper erwischt, und ihre Stiche schmerzen so stark, dass du glaubst, den Verstand zu verlieren. Hinzu kommt, dass deine Arme und dein Gesicht immer mehr anschwellen – dein Körper reagiert allergisch auf das Gift der Hornissen! Schon bald wird es zu inneren Schwellungen kommen, die deine Atmung beeinträchtigen. *Zähle ab jetzt jeden neuen Textabschnitt, den du aufschlägst, indem du einen Strich auf dein* ***Abenteuerblatt*** *machst. Kommen 5 Striche zusammen, ohne dass du ein Heilmittel gegen das Hornissengift findest, brichst du zusammen und erstickst qualvoll. In diesem Fall musst du das Buch ohne weitere Aufforderung schließen – dein Abenteuer ist beendet. Findest du dagegen einen Weg, dich zu kurieren, bevor 5 Striche erreicht sind, wird dir der Text mitteilen, dass du geheilt bist und mit dem Zählen aufhören kannst.* Stöhnend folgst du dem verwilderten Pfad nach **154**.

19 Bevor du etwas unternehmen kannst, landen vor und hinter dir die ersten Stachelwölfe am Boden des Hohlwegs und rücken sofort knurrend und geifernd gegen dich vor. Zwischen den meterhohen, feuchten Wänden hast du keine Möglichkeit zu fliehen. Dein Abenteuer endet blutig!

20 So leise du kannst, bahnst du dir einen Weg durch das dichte Buschwerk, wobei du dich an den krächzenden Stimmen und dem Lichtschein orientierst. Kurz darauf kannst du vor dir ein Feuer ausmachen. Vorsichtig schiebst du dich näher und spähst durch die Blätter. Auf einer notdürftig gerodeten Fläche sitzen drei Gestalten um ein prasselndes Lagerfeuer herum. Sie reichen dir bestenfalls bis zur Schulter und sind ausgesprochen hässlich. An ihrer ledrig-braunen Haut, den überlangen Nasen und spitzen Ohren sind sie leicht als Gnome zu erkennen. Einer dreht einen Spieß mit einem gehäuteten Kaninchen über den Flammen, während die anderen beiden ungeduldig darüber diskutieren, wer welches Stück des Bratens bekommt. Du musterst den Rest des Lagers und entdeckst drei Rucksäcke, die nur wenige Schritte von dir entfernt am Rand des Platzes liegen. Möchtest du versuchen, dir unbemerkt das Reisegepäck der Gnome unter den Nagel zu reißen (weiter bei **174**), oder schleichst du dich lieber ebenso leise, wie du gekommen bist, zurück zum Pfad (**98**)?

21 Mit erhobenen Händen gehst du auf die Frau zu. Die fetten Frettchen beginnen aufgeregt zu fauchen, dann ziehen sie sich nacheinander ins Innere des Zelts zurück. Wenige Schritte vor der Alten bleibst du stehen. Du grüßt sie freundlich, erläuterst, dass du dich auf der Suche nach deinem verschollenen Vetter befindest und erkundigst dich, ob sie Bolko möglicherweise gesehen hat oder dir etwas über seinen Verbleib sagen kann. »Meine Kuscheltierchen mögen dich nicht!«, stellt die Greisin fest, als hätte sie deine Frage gar nicht gehört. »Wen sie nicht mögen, den mag auch ich nicht. Aus welchem Grund sollte ich mich mit dir unterhalten, hä?« Wie beiläufig streckt sie eine geöffnete Hand mit langen, gebogenen Fingernägeln in deine Richtung, offenbar um anzudeuten, dass ein kleines Geschenk dazu beitragen könnte, ihre Meinung über dich zu ändern. Willst du der absonderlichen Alten etwas geben in der Hoffnung, dass sie nützliche Informationen für dich hat, weiter bei **182**. Setzt du deine Suche lieber auf eigene Faust fort, kannst du dich entweder nach links wenden und dem Pfad folgen (weiter bei **43**) oder nach rechts (**161**).

22 Seitlich des Weges kommen die Reste eines runden, aus Backsteinen gemauerten Brunnens in Sicht. Als du einen Blick hinein wirfst, erkennst du rostige Steigeisen, die an der senkrechten Wand in die Tiefe führen. *Ob Bolko diesen Weg eingeschlagen hat?*, fragst du dich. Möchtest du in den Schacht hinabsteigen, um das zu überprüfen (weiter bei **175**), oder folgst du dem Pfad lieber geradeaus, wo es in der Ferne ein wenig heller zu werden scheint (**147**)?

23 Da dir jede Möglichkeit zur Bestimmung der Himmelsrichtungen fehlt, entscheidest du auf gut Glück, wohin du gehst. Zunächst läuft alles gut: Instinktiv schlägst du auch ohne sichtbaren Pfad eine Route ein, auf der der Grund halbwegs fest ist. Nach einigen Stunden Marsch durch die eintönige, neblige Landschaft lässt deine Aufmerksamkeit jedoch mehr und mehr nach. Erschöpft lenkst du deine Schritte in eine Senke, die mit schwarzem, trügerisch vor sich hinblubberndem Morast gefüllt ist – und binnen weniger Augenblicke steckst du bis zu den Hüften im zähen Schlamm! Verzweifelt reckst du die Arme nach den Luftwurzeln, die rings um die Senke aus dem Boden ragen, doch es gelingt dir nicht, eine davon zu packen und dich zurück auf festen Boden zu ziehen. Stück für Stück sinkst du tiefer … Schon erreicht die brackige Brühe deine Lippen, Sekunden später schlägt sie über deinem Gesicht zusammen. Dein Abenteuer endet hier.

24 Du lässt eine weitere Münze über den Rand fallen. (Korrigiere dein **Abenteuerblatt** entsprechend.) Auch diesmal verursacht sie keinen Laut, dafür meldet sich die dumpfe Stimme aus der Tiefe sogleich von Neuem:

Ewig fröhlich soll's dich stimmen,
lässt du noch ein Goldstück schwimmen!

Willst du tun, worum die Stimme dich bittet, und noch eine Münze in den Brunnen werfen (sofern du noch eine hast), weiter bei **157**. Hast du keine mehr oder willst keine mehr opfern, weiter bei **100**.

25 Du folgst dem schmalen Pfad am Ufer entlang, links die rauschenden Fluten des Flusses Golch, rechter Hand undurchdringliches Dornendickicht. Nach einer Weile kommt eine von Flechten überwucherte Blockhütte in Sicht, die ein Stück zurückgesetzt zwischen den stachligen Büschen steht. Sie wirkt uralt und macht einen verlassenen Eindruck, dennoch ist nicht auszuschließen, dass dein Vetter auf seinem Weg hier vorbeigekommen ist. Möchtest du dir das Gebäude genauer ansehen (weiter bei **116**), oder folgst du lieber dem Verlauf des Flusses (**209**)?

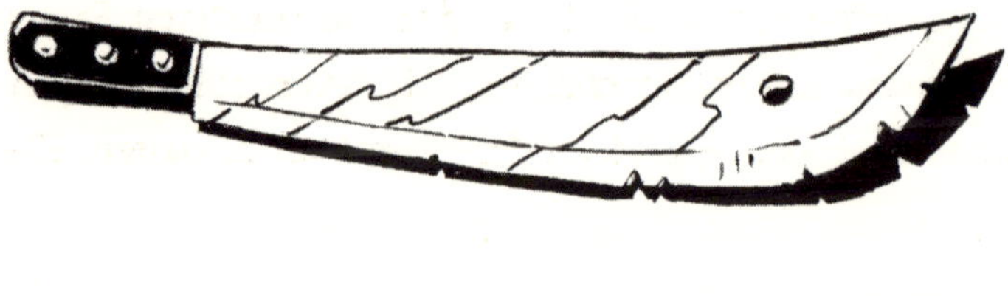

26 Ohne dein bewusstes Zutun sorgt deine besondere Begabung dafür, dass du die Lichtung nicht auf geradem Weg überquerst, sondern stattdessen am äußersten Rand entlangschleichst, immer bereit, beim ersten Anzeichen von Gefahr zwischen Büschen und Bäumen zu verschwinden. Ohne dich dem riesenhaften, frei stehenden Baum weiter als einen Steinwurf zu nähern, erreichst du die Einmündung des südlichen Pfads, dem du sogleich folgst. Eine innere Stimme sagt dir, dass du durch dein umsichtiges Verhalten soeben einer grässlichen Gefahr entronnen bist … Weiter bei **195**.

27 Ungesehen erreichst du die Palisadenwand am anderen Ende der Siedlung. Ein großes Tor, ähnlich dem, durch das du hereingekommen bist, führt in südlicher Richtung aus dem Dorf hinaus, wo sich ein verwilderter Pfad anschließt. Froh, den blutrünstigen Riesen entwischt zu sein, machst du dich davon, im umliegenden Wald weiter nach Bolko Ausschau zu halten. Der

Pfad verläuft eine Weile nach Süden, bevor er nach links abknickt. Nach wenigen Hundert Schritten kommt linker Hand eine Abzweigung in Sicht, an deren Einmündung eine alte Steinhütte steht. Auf dem Dach, das mit saftigem, grünem Gras bewachsen ist, steht eine ziegenähnliche Kreatur mit zwei Köpfen und weidet friedlich. Möchtest du dir diese eigentümliche Behausung genauer ansehen, weiter bei **204**. Schleichst du dich lieber unauffällig an der Abzweigung vorbei und folgst dem Weg geradeaus, weiter bei **246**.

28 Deine Armmuskeln sind zum Zerreißen gespannt, während du mit dem verzauberten Speer ringst. Hierhin und dorthin taumelst du, krachst mehrmals mit den Schultern gegen die Hüttentür. Nur unter größter Anstrengung kannst du verhindern, dass die Waffe dein Gesicht erwischt. Als der Speer ein weiteres Mal zuzustechen versucht, gelingt es dir, die Energie seines Stoßes zur Seite abzulenken, sodass sich die steinerne Spitze von Neuem tief in das Holz der Hüttentür gräbt. Schlagartig ist alles vorbei: Der hölzerne Schaft schwingt ein paarmal nach, dann ist er nur noch ein totes Stück Holz, das sich nicht mehr aus eigenem Antrieb zu bewegen vermag. Erleichtert wischst du dir den Schweiß von der Stirn und entfernst dich von der Hütte, mit der du nichts mehr zu tun haben willst. Stattdessen folgst du dem Pfad am Flussufer entlang nach **209**.

29 Du betrittst einen kleinen Raum mit rundem Grundriss. Du wartest, bis sich deine Augen an das Dämmerlicht gewöhnt haben, das die spärlichen Moosbüschel verströmen, dann siehst du dich vorsichtig um. Zwar entdeckst du keine Spuren, die darauf hindeuten, dass dein Vetter hier gewesen sein könnte, dafür findest du nach kurzer Suche einen kleinen Stoffsack, den du öffnest. Er enthält einen stählernen Wurfstern mit scharf geschliffenen Kanten sowie vier Goldmünzen. Du verstaust gerade alles in deinem Rucksack (vermerke Gold und Wurfstern auf deinem **Abenteuerblatt**), da ertönt von weit, weit unter dir ein dumpfes Poltern und Rumoren. Der Turm erbebt in seinen Grundfesten, dann rast ein ohrenbetäubendes Brüllen aus der Tiefe empor. Entsetzt starrst du zur Türöffnung hinüber, wo der Schein des im Treppenhaus wachsenden Leuchtmooses plötzlich von einem Schwall dunklen, dampfenden Schlamms verdeckt wird, der wie durch ein Kanonenrohr nach oben schießt. Der Turm muss so tief in den Grund eingesunken sein, dass sein Fundament eine vulkanische Quelle angestochen hat! Wie bei einem Geysir werden nun regelmäßig Unmassen kochenden Schlamms durch das Treppenhaus in die Höhe geschleudert – kein Wunder, dass es stets frei von Morast ist. Ängstlich harrst du in der Kammer aus, bis das Grollen wieder nachlässt. Als die Matschfontäne versiegt, steigst du über die kniehohen Schlammschicht hinweg, die durch die Türöffnung eingedrungen ist, und beeilst dich, über die noch feuchten Stufen zurück nach oben zu steigen. Der Boden in weitem Umkreis des Turms ist mit dampfendem Morast überzogen, doch du findest ohne Mühe auf den Pfad zurück. Weiter bei **245**.

30 Interessiert näherst du dich dem ungewöhnlichen Hindernis … **Befrag das Schicksal:** Erhältst du ᛞ, ᛟ oder ᚢ, weiter bei **132**, bei jeder anderen Rune bei **15**.

31 Nach ein paar Hundert Schritten endet der Pfad an einer T-Kreuzung. Du kneifst die Augen zusammen, um das grünliche Zwielicht in beiden Richtungen mit Blicken zu durchdringen. Zu deiner Rechten kannst du in einiger Entfernung einen klobigen Umriss am Wegesrand ausmachen, vielleicht einen gemauerten Brunnen. Links ist in der Ferne Helligkeit zu erahnen, als öffne sich der Wald dort zu einer Lichtung. Da du allmählich genug von dem bedrückenden Dämmerschatten hast, beschließt du, dich nach links zu wenden. Weiter bei **3**.

32 Geduckt umrundest du die Basis des Hügels und dringst auf dem Pfad ins dichte Unterholz ein. Nach ein paar Dutzend Schritten wirst du allmählich ruhiger. Die Zerschmetterlinge dürften dich unter der dichten Baumdecke nicht mehr ausmachen können ... Da kracht plötzlich keine drei Schritte entfernt ein dicker Steinbrocken durch das Blätterdach und gräbt sich tief in den weichen Boden! Ganz gleich, wie sie es anstellen, die Rieseninsekten können dich auch ohne Blickkontakt verfolgen. Und bombardieren! Panisch rennst du weiter, bis der Pfad sich auf eine T-Kreuzung öffnet. Kurz vor dem quer verlaufenden Pfad steht eine alte, würfelförmige Steinhütte am Wegesrand. Auf dem Dach wächst saftiges, grünes Gras, eine ziegenähnliche Kreatur mit zwei Köpfen steht darauf und weidet friedlich. Keuchend wetzt du an der sonderbaren Behausung vorbei, das Flappen der mächtigen Insektenflügel in den Ohren. Unbeschadet erreichst du den Querweg und wendest dich, ohne lange zu überlegen, nach links. In diesem Moment vernimmst du hinter dir ein klägliches Meckern. Die Zerschmetterlinge haben sich ein neues, leichteres Opfer gesucht: das zweiköpfige Ziegentier auf dem Hüttendach. Wie Geier kreisen sie über dem Gebäude und lassen ihre Felsbrocken darauf niederprasseln. Du nutzt die Gelegenheit und hastest weiter. Zwar kommst du unbemerkt davon, auf der hektischen Flucht rächt sich jedoch, dass du auf der Hügelkuppe keine Zeit hattest, deinen Rucksack ordentlich zuzuschnüren: Beim Springen über Stock und Stein purzeln zwei Gegenstände heraus und bleiben hinter dir zurück. (Streiche zwei beliebige Fundstücke von deinem **Abenteuerblatt**.) Erst, als die steinerne Hütte längst außer Sicht ist, wirst du allmählich langsamer. Weiter bei **246**.

33 Ohne Mühe folgst du dem breiten Pfad und legst zügig eine beachtliche Strecke zurück. Schließlich tut sich auf der rechten Seite eine Abzweigung in der Blätterwand auf. Der neue Pfad ist deutlich schmaler als der bisherige und führt grob in südliche Richtung. Du überlegst gerade, in welche Richtung du weitergehen sollst, da fällt dir ein Symbol ins Auge, das in Kopfhöhe in die Rinde eines Baums dicht neben der Abzweigung geritzt wurde. Es ist ein Pfeil, und er weist eindeutig geradeaus, weiter den breiten Pfad entlang. Du untersuchst das Zeichen und kommst zu dem Schluss, dass es noch relativ frisch ist. Sollte Bolko so vorausschauend gewesen sein, sich für seinen Rückweg durch den Wald Markierungen anzulegen? Oder stammt der Pfeil von jemand anderem? Du musst eine Entscheidung treffen: Folgst du dem Pfeil den breiten Pfad entlang (weiter bei **210**), oder schlägst du die Abzweigung nach rechts ein (**118**)?

34 Die Knochen unter deinen Füßen knirschen ekelhaft, als du die Dorfküche betrittst und dich dem Gefangenen näherst. Der Kobold wimmert leise vor sich hin: »Bitte lasst mich gehen … Ich habe euch nichts getan. Ich schmecke auch scheußlich, ganz bestimmt!« Der kleine Kerl hängt zu hoch, als dass du ihn mit deiner Machete herunterschneiden könntest, daher betrachtest du dir den Mechanismus genauer, an der die Oger ihn befestigt haben. Bei den Seilzügen und Rädern handelt es sich offenbar um eine Vorrichtung zur Aufbewahrung lebender Vorratsgüter, die mit einer Art Alarmanlage gekoppelt ist. An der Wand unterhalb des Kobolds befindet sich eine Kurbel, die sich wahlweise nach recht und nach links drehen lässt – die richtige Richtung wird die Beute herunterlassen, die falsche dagegen aktiviert einen schweren Holzklöppel, der gegen einen monströsen Gong in der Ecke des Raumes schlägt. *Sieh dir die Illustration auf der gegen-überliegenden Seite genau an und entscheide dann, in welche Richtung du die Kurbel drehen willst:* nach links (weiter bei **123**) oder nach rechts (**184**).

35 »*Croooak!*« Die Stimme der Riesenkröte klingt enttäuscht. »Das ist korrekt. So muss sich die alte Carunnah heute wohl ohne köstliches Mahl schlafen legen … Es sei!« Mit einem Ruck ihres mächtigen Kopfes bedeutet sie dir, auf ihrem moosbewachsenen Rücken Platz zu nehmen. Anschließend macht sie einen gewaltigen Satz – und schon seid ihr aus dem Pfuhl heraus. Mit einem ihrer schleimigen Vorderbeine deutet Carunnah den steinernen Wall entlang, auf dem du gekommen bist. Wenn du ihm zurück zum Wegweiser folgst, so die Kröte, und dich dort nach links wendest, werde der Sumpf bald hinter dir liegen. Bevor sie sich zurück in ihr Erdloch gleiten lässt, fragst du erneut, ob sie nicht zufällig Bolko gesehen hat. Carunnah lauscht der Beschreibung, die du ihr von deinem Vetter gibst, dann schüttelt sie den

Kopf. »Nein. Ein Tier, das so aussieht, hat die alte Carunnah weder gesehen noch verschluckt. Leider. *Croooak!*« Damit verschwindet sie in der Tiefe. Enttäuscht, zugleich aber erleichtert, dass du diese Begegnung lebend überstanden hast, folgst du dem Wall zurück zum Wegweiser und wendest dich dort nach links. Weiter bei **170**.

36 Mit äußerster Sorgfalt schnippst du sämtliche Ameisen rings um das rote Objekt beiseite. Bevor sich die Krabbeltiere von ihrer Überraschung erholen können, hast du das Ding bereits mit spitzen Fingern aus der sandigen Oberfläche gezupft und bist mehrere Schritte zurückgetreten. Als du deinen Fund vom Schmutz befreist, bestätigt sich dein Verdacht: Es handelt sich tatsächlich um die alberne Fliege, die dein Vetter Bolko mit Vorliebe auf seinen »heldenhaften« Reisen trägt. Offenbar wurde es dem dicken Kerl beim Marschieren irgendwann zu heiß, und er wollte die Halsbinde lockern. Ungeschickt, wie er nun einmal ist, löste sich die Fliege unbemerkt, fiel herunter und blieb am Boden zurück. Da sie auf der linken Seite des Ameisenhügels lag, folgerst du, dass Bolko mit hoher Wahrscheinlichkeit dem Querweg nach links gefolgt ist. Du steckst den Fund in deinen Rucksack (vermerke die Fliege auf deinem **Abenteuerblatt**) und schlägst ebenfalls diesen Weg ein. Weiter bei 77.

37 Einen Wimpernschlag, bevor dein Fuß in der Laubschicht versinkt, merkst du, dass hier etwas nicht stimmt. Du hältst in der Bewegung inne und untersuchst das Gebilde genauer. Es scheint künstlichen Ursprungs zu sein, als habe es jemand mit Bedacht genau in der Mitte des Weges platziert. Als du die Laubdecke mit der Spitze deiner Machete vorsichtig anhebst, bestätigt sich deine Vermutung: Unter den Ästen befindet sich eine über drei Meter tiefe Grube. In diesem Moment vernimmst du knirschende Schritte, die schnell näherkommen. Hastig schlägst du dich in die Büsche – keine Sekunde zu früh! Nur einen Augenblick später erscheint eine riesige Gestalt auf dem Pfad: Sie ist mindestens drei Meter groß, von grobschlächtigem Körperbau und erinnert mit ihren weit herabhängenden, muskulösen Armen an einen Höhlenmenschen. Das Ungetüm trägt eine mächtige, mit Steinsplittern gespickte Keule über der Schulter, und sein pfannkuchenartiges Gesicht mit dem einfältigen Grinsen voller spitz zugefeilter Zähne lässt keinen Zweifel, womit du es zu tun hast. Dieses Geschöpf ist ein leibhaftiger Oger! Rasch kommt der Riese näher. Mit angehaltenem Atem überlegst du, was du tun kannst: Willst du dich mucksmäuschenstill verhalten in der Hoffnung, dass der Oger vorbeistapft, ohne dich zu bemerken (weiter bei **128**)? Oder möchtest du versuchen, ihn irgendwie zu überrumpeln (**226**)?

38 Du nimmst Anlauf und springst auf den ersten Felsbrocken, dann weiter zum zweiten, zum dritten … Ohne auf der glitschigen Oberfläche ein einziges Mal den Tritt zu verlieren, erreichst du sicher das andere Ufer. Nachdem du kurz verschnauft hast, machst du dich wieder auf den Weg und folgst einem Pfad, der in südliche Richtung führt. Weiter bei **74**.

39 Kurzentschlossen benutzt du deinen Stab als Ruder und versuchst, dein Gefährt durch kräftige Paddelbewegungen auf Kurs zu halten. Es gelingt dir, das altersschwache Boot etwa bis in die Mitte des Stroms zu manövrieren. Dort wird es jedoch von einer starken Strömung gepackt und wild herumgewirbelt. Das morsche Holz ist dieser Belastung nicht gewachsen: Mit einem erbärmlichen Knirschen brechen die Planken entzwei, und du landest im aufgewühlten Wasser. Schon spürst du, wie dich der mörderische Sog der Strömung nach unten reißt! Hast du auf deinem Weg einen Trank aus einer dunkelgrünen Glasphiole zu dir genommen? Wenn ja, weiter bei **211**, wenn nicht, bei **9**.

40 Wenig später stößt du auf eine Abzweigung nach rechts. Du bleibst stehen und lauschst konzent riert in die neue Richtung. Weit entfernt, doch unmissverständlich, übertönt dort ein langgezogenes Heulen das Trillern und Zwitschern aus den Baumkronen. Da du wenig Lust verspürst, weiteren sechsbeinigen Wolfskreaturen über den Weg zu laufen, ignorierst du den neuen Pfad und setzt deinen Weg geradeaus fort. Weiter bei **70**.

41 Du erklimmst den flachen Steinwall und folgst ihm, vorsichtig zunächst, dann zügiger. Die unebenen Steine des Bauwerks liegen unter einer Dunstschicht verborgen, dafür sind sie fest und trittsicher – eine willkommene Abwechslung zu dem nachgiebigen Sumpfboden ringsum. Mit zusammengekniffenen Augen spähst du in die wattig verschleierte Umgebung beiderseits des Walls, hältst Ausschau nach Spuren, die auf die Anwesenheit deines Vetters hindeuten könnten. Plötzlich verlierst du den Boden unter den Füßen und stürzt senkrecht in ein riesiges Loch zwischen den Pflastersteinen, das der Nebel verdeckt hat! Glücklicherweise landest

du verhältnismäßig weich auf einem dicken Kissen aus feuchtem Moos. Du rollst dich über die Schulter ab, rappelst dich auf und siehst dich um. Die Grube ist über zehn Fuß tief, ihre fast senkrechten Wände bestehen aus glattem, festem Lehm. Keine Chance, daran hochzuklettern! Beunruhigt fragst du dich, wer dieses Loch wohl gegraben hat und wozu, als du plötzlich eine Bewegung wahrnimmst – direkt unter deinen Füßen. Du machst einen Satz zum Rand der Grube hin und reißt die Augen auf. Was du im Zwielicht für ein riesiges Mooskissen gehalten hast, ist der von Unkraut und Flechten überwucherte Rücken einer riesigen, erdbraunen Kröte! Träge hebt der Gigant den Kopf, wendet sich zu dir um und fixiert dich mit zwei kopfgroßen Glubschaugen. Ein zahnloses Maul öffnet sich, breit genug, ein ganzes Schwein zu verschlingen, und die Monsterkröte beginnt zu sprechen: »*Croooak!* Besuch für die alte Carunnah?« Ihre Stimme ist so tief, dass du sie kaum verstehen kannst. »Das trifft sich gut. Die alte Carunnah hat nämlich Hunger. *Croooak!* Viel zu selten purzeln köstliche Tiere in ihren Pfuhl, viel zu selten …« Die Kröte reckt gemächlich ihren zentnerschweren Körper und kriecht langsam auf dich zu. Schaumiger Geifer tropft aus ihrem grässlichen Schlund.
»Aber ich bin kein Tier!«, stößt du hervor. »Ich bin ein Mensch und befinde mich auf einer Rettungsmission, um meinen verschollenen Vetter wiederzufinden. Habt Ihr ihn zufällig gesehen?«

»Kein köstliches Tier? *Croooak!*« Carunnahs Augen weiten sich. »Hmm. Die alte Carunnah sieht offenbar nicht mehr allzu gut. Sie ist alt, sehr alt.« Erneut mustert sie dich von oben bis unten. »Du sagst die Wahrheit. In diesem Fall kann die alte Carunnah dich natürlich nicht einfach so verspeisen. Das gebietet der Anstand.« Du willst gerade aufatmen, da fügt sie hinzu: »Jedenfalls nicht, ohne dir eine faire Chance zu lassen. *Croooak!* Höre, Menschlein: Beantwortest du die folgende Frage richtig, sollst du frei sein. Die alte Carunnah wird dich nicht verschlingen. Stattdessen wird sie dich aus der Grube heben und dir den kürzesten Weg aus den Sümpfen weisen. Antwortest du hingegen falsch, wirst du ihr ein köstliches Abendessen sein. *Croooak!*«

Das sind ja schöne Aussichten! Doch bei einem Kampf in der Enge der Grube wärst du ohne Chance gegen die Riesenkröte. Dir bleibt nichts anderes übrig, als mitzuspielen.

»Der greise Gingolf, ein Schäfer, der einst am westlichen Rand dieses Forstes lebte, zeugte zu Lebzeiten fünf Söhne«, beginnt Carunnah mit unüberhörbarer Gier in der Stimme. »Als er seinen Tod nahen spürte, vererbte er seinem ältesten Sohn 11 köstliche Schafe, dem jüngsten 3 und dem mittleren 7.« Sie sieht dich auffordernd an. »Sage mir, wie viele Tiere er den restlichen Söhnen vermachte, indem du mir die Gesamtzahl an köstlichen Schafen nennst, die er allen fünf Söhnen hinterließ. *Croooak!*«

Du schließt die Augen und beginnst zu rechnen. Hast du eine Idee, wie das Ergebnis lauten könnte, *lies weiter bei dem Abschnitt, der deiner Antwort entspricht.* Lautet das erste Wort dieses Abschnitts nicht »Croooak!«, hast du dich verrechnet. In diesem Fall – oder wenn du die Antwort nicht weißt – weiter bei **86**.

42 Mühsam drehst du den schwergängigen Knauf nach rechts. Im Innern des steinernen Tors ertönt ein Klicken, als ein verborgener Mechanismus in Aktion tritt. Die schwere Steinplatte gleitet beiseite und gibt den Blick frei auf eine Flucht uralter, abgewetzter Stufen, die vor dir in undurchdringliche Finsternis hinabführt. Mit vorgestreckter Fackel betrittst du den Tempel. Je tiefer du kommst, desto kühler wird die Luft. Staubige Spinnweben hängen von der Decke. Schließlich erreichst du den Fuß der Treppe, wo sich ein langes Gewölbe mit hoher Decke auftut. Fackeln an den Wänden erhellen einen massiven Steinblock, allem Anschein nach ein altes Grabmal. Sonderbarerweise ist der Stein über und über mit leeren Schüsseln, Bechern und Platten beladen, die von zahlreichen ausgiebigen Mahlzeiten zeugen. Vorsichtig umrundest du das Monument. Dahinter, auf einem Lager aus alten Decken, erkennst du eine dickliche Gestalt, die selig vor sich hinschnarcht. Du hebst die Fackel – und kannst einen freudigen Aufschrei nicht unterdrücken: *»Bolko!«*

»Hä? Was liegt an? Gibt's endlich wieder was zu Futtern?« Müde reibt sich dein Vetter die Augen. Sein Wams ist zerrissen und verdreckt, die Stiefel abgelaufen. Bolkos Gesicht dagegen lässt die entbehrungsreiche Reise, die hinter ihm liegt, fast vergessen: Es wirkt rund und wohlgenährt wie eh und je … *noch* runder und wohlgenährter, als du es in Erinnerung hattest. »Ach, du bist's bloß«, murmelt Bolko, als er dich erkennt, und lässt sich zurück auf die Decken sinken. »Wurde auch allmählich Zeit, dass du kommst.«

Du glaubst, deinen Ohren nicht zu trauen! Wütend zerrst du deinen Vetter auf die Füße. »Weißt du eigentlich, welche Gefahren ich durchgestanden habe, um dich zu finden?«, stößt du hervor. »Und das Einzige, was dir einfällt, ist ›Ach, du bist's bloß‹?«

»Reg dich nicht künstlich auf!« Pikiert zupft sich Bolko den abgewetzten Kragen zurecht. »Mir geht's prima, das siehst du doch. Und die netten Burschen, die mich hierhergebracht habe, sorgen dafür, dass es mir an nichts mangelt. Obwohl der letzte Imbiss schon schmerzlich lange zurückliegt …«

»Nette Burschen?« Fassungslos schüttelst du den Kopf. »Hast du nicht begriffen, dass die Oger dich nur herge-

bracht haben, um dich zu mästen und anschließend aufzufressen?«
Bolkos Augen weiten sich. »Auffressen? *Mich?*« Er überlegt kurz, dann schaudert es ihn sichtlich. »Das würde erklären, wieso die Kerle mir immer wieder prüfend in die Backen und den Allerwertesten gekniffen haben. *Auffressen* … nein, also wirklich! Unmögliche Bande!«
Du schwenkst deine Fackel. »Lass uns verschwinden! Die Oger können jeden Moment hier auftauchen, dann müssen wir weit genug fort sein, am besten raus aus diesem vermaledeiten Wald! Wir …«
»Und der Schatz?«, unterbricht dich Bolko. »Was wird aus dem Schatz?«
»Der Schatz?« Nur mit Mühe gelingt es dir, ruhig zu bleiben. »Gepfiffen auf den verdammten Schatz! Wir müssen …«
»Aber er ist hier!« Bolko bedeutet dir, ihm zu einem Durchgang am Ende des Gewölbes zu folgen. Dahinter liegt ein Korridor, in dessen Wänden sich mehrere Aussparungen befinden, die an zugemauerte Türen erinnern. »Zwischen den Mahlzeiten hab ich mich hier ein bisschen umgesehen. Hatte ja tagelang nichts Besseres zu tun.« Er bleibt vor einem der Türumrisse stehen, der sich nicht von den anderen zu unterscheiden scheint. »Dabei hab ich das hier gefunden …« Er drückt auf eine Steinplatte in der Wand. Knirschend schiebt sie sich zur Seite und gibt den Blick frei auf mehrere runde Löcher, eingerahmt von

in den Stein gemeißelten Symbolen. »Ich bin mir sicher, dass es sich um eine Art Schloss handelt«, haucht Bolko. »Hinter diesem zugemauerten Durchgang muss sich ein geheimer Raum befinden. Darin ist der Schatz des Oger-fürsten!«

Du schüttelst ungläubig den Kopf. »Nicht einmal Oger wären dumm genug, dich ausgerechnet in dem Tempel einzusperren, wo die Kriegsbeute ihres ehemaligen Herrschers herumliegt, oder?«

»Möglicherweise *wissen* sie nicht, dass Lormonossor der Gierige seine Reichtümer damals hier versteckt hat.« Bolko sieht dich flehend an. »Wo wir schon mal hier sind, lass uns doch versuchen, die geheime Tür zu öffnen, ja? Wenn wir uns beeilen, sind wir weg, bevor uns jemand erwischt – mit Taschen voller Gold!«

Willst du versuchen, die Geheimtür zu öffnen, weiter bei **97**. Ziehst du es vor, den Tempel auf schnellstem Weg zu verlassen, weiter bei **202**.

43 Der Pfad knickt nach rechts ab, und wenig später vernimmst du vor dir das Rauschen von Wasser. Du erreichst das steinige Ufer eines breiten Stroms, der zwischen den grünen Wänden des Unterholzes hindurchfließt: der Fluss Golch, der den Forst von Yorrok in zwei Hälften teilt. An der Stelle, wo der Pfad aufs Wasser trifft, spannt sich eine uralte Brücke aus grauen Mauersteinen hinüber ans andere Ufer. Ein Stück links davon sind schroffe Felsklippen zwischen den Bäumen zu erkennen, von denen das Flusswasser aus großer Höhe hinab in einen See stürzt. Die Brücke macht einen stabilen Eindruck, und ohne Zwischenfälle erreichst du auf ihr das andere Ufer. Drüben stellst du fest, dass eine Fortsetzung des Pfads, auf dem du gekommen bist, weiter in südliche Richtung führt. Linker Hand, am Fuß des Wasserfalls, hängen Wolken glitzernder Feuchtigkeit über der spiegelnden Oberfläche des Sees, in die das Sonnenlicht einen bunten Regenbogen zaubert. Bei dem idyllischen Anblick überkommt dich eine tiefe Ruhe, und du beschließt, einen Moment zu rasten, um wieder zu Kräften zu kommen. Du kletterst hinab, lässt deine Füße in das kristallklare Wasser baumeln und beobachtest den Flug eines großen Vogels, möglicherweise ein Kranich. Das Tier dreht einige elegante Kurven, dann saust es plötzlich ohne abzubremsen auf den schäumenden Vorhang des Wasserfalls zu … und verschwindet darin! Du springst auf. Jetzt erst fällt dir auf, dass der Fels hinter den herabstürzenden

Wassermassen an einer Stelle auffällig dunkel wirkt – ein Hinweis, dass sich dort eine Höhle im Gestein befindet? Wenn du willst, könntest du quer über den See schwimmen, unter dem Wasserfall hindurchtauchen und deine Theorie überprüfen (weiter bei **164**). Oder möchtest du keine Zeit vergeuden und deinen Weg lieber umgehend fortsetzen (weiter bei **200**)?

44 Schritt für Schritt folgst du der schmalen Stiege abwärts. Sand und Steinchen knirschen unter deinen Füßen, jede Stufe scheint mit einer Schicht getrocknetem Schlamm oder Erde bedeckt. Seltsam. Zum Glück spendet die Moosschicht an Wänden und Decke ausreichend Licht, um dich erkennen zu lassen, wohin du deine Füße setzen musst. Nach einer Weile taucht in der Wand des Treppenhauses ein halbrunder Durchgang auf. Vorsichtig steckst du den Kopf hindurch, doch dahinter ist es so finster, dass du nichts erkennen kannst. Möchtest dennoch in den dahinterliegenden Raum treten (weiter bei **231**), oder folgst du der Treppe tiefer nach unten (**105**)?

45 Dein Talent hilft dir, so nahtlos mit den Schatten zu verschmelzen, dass du quasi unsichtbar wirst. Nicht einmal ein riesenhafter weißhaariger Oger, der Sekunden später dicht vor der Einmündung der Gasse vorbeischlurft, vermag dich zu entdecken. Als er verschwunden ist, schleichst du dich unbemerkt vom Platz fort. Das Zentrum des Dorfes ist zu belebt, du kannst hier nicht gefahrlos nach Bolko suchen. Stattdessen beschließt du, dein Glück in den weniger bevölkerten Seitengässchen zu versuchen. Weiter bei **138**.

46 Rasch bleiben die Baumsiedlung und das Geschnatter ihrer hilfreichen Bewohner hinter dir zurück. Du erreichst den südlichen Rand der großen Lichtung, und nach kurzem Suchen entdeckst du einen breiten Pfad, der von hier tiefer in den Wald führt. Wenig später stößt er auf einen quer von Ost nach West verlaufenden Weg. In der Mitte der T-Kreuzung liegt ein hüfthoher Haufen aus Erde oder Sand. Seine Oberfläche befindet sich permanent in Bewegung, ein ständiges Wuseln und Krabbeln. Interessiert näherst du dich dem Gebilde – und fährst angeekelt zurück! Bei dem Hügel handelt es sich um einen

Ameisenhaufen. Seine Bewohner, die wie ein dichter Teppich darauf herumflitzen, sind fast so groß wie Hirschkäfer, und die hellgelben Streifen auf ihrem Hinterleib sind ein unmissverständlicher Hinweis, dass der Biss dieser Gattung höllisch schmerzhaft, vielleicht sogar giftig sein dürfte. Vorsichtig umrundest du ihre Behausung, als dir plötzlich ein grellroter Farbtupfer ins Auge sticht. Kein Zweifel: Auf einer Seite des Haufens lugt ein unförmiges rotes Etwas aus dem Sand hervor. Sofort kommt dir Bolkos alberne Fliege in den Sinn, unvermeidbarer Bestandteil seines Sonntagswamses, in dem er jeden Ausflug in die weite Welt jenseits der Dorfmauern antritt. Ein Beweis dafür, dass dein Vetter hier vorbeigekommen ist? Willst du das geheimnisvolle Objekt genauer untersuchen, weiter bei **160**. Schreckt dich die Aussicht, von einem oder mehreren der riesigen Insekten gebissen zu werden, ignorierst du den Ameisenhaufen und musst dich zwischen dem linken (**77**) und dem rechten Weg (**5**) entscheiden. Verfügst du über das Talent VORAHNUNG, weiter bei **247**.

47 Vorsichtig, jede schnelle Bewegung vermeidend, näherst du dich der Stelle, wo das Faultier am Fuß des Baums hockt und mampft. Ein scheußlicher Gestank steigt dir in die Nase, als du dich seinem filzigen Fell näherst … doch da ist das metallische Blitzen wieder! Du überwindest deinen Ekel, greifst zwischen den verklebten Haarsträhnen hindurch und bekommst etwas Kaltes, Kantiges zu fassen, das du mit einem raschen Ruck unter dem Tier hervorzerrst. Das Riesenfaultier kaut in aller Seelenruhe weiter. In sicherem Abstand zu dem Koloss untersuchst du deinen Fund. Es handelt sich um einen kupfernen Schlüssel, fast so lang wie deine Hand. Er hat einen runden Griff, und sein Bart weist vier identisch geformte, rechteckige Zacken auf. Du steckst ihn ein (vermerke den Kupferschlüssel und sein exaktes Aussehen auf deinem **Abenteuerblatt**) und kehrst zufrieden auf den Pfad zurück. Weiter bei **221**.

48 Du gibst dir alle Mühe, jede Riesenameise in der Nähe des roten Etwas beiseitezuschnippen. Aber die Insekten wuseln so hektisch über- und untereinander, dass du trotz aller Sorgfalt ein paar übersiehst. Als du nach dem roten Ding greifst, flitzen sie auf deine Hand und beißen dich in Finger und Handgelenk! In Windeseile schwellen die Bisse an, werden dick und rot wie Kirschen und beginnen zu jucken und zu nässen. Fluchend schnappst du dir einen Ast und prügelst wie ein Irrer auf die Behausung der gemeinen Biester ein. Unglücklicherweise wird dabei das rote Etwas unter Teilen des Hügels begraben. Auf dem Waldboden zieht unterdessen eine breite Ameisenstraße los, um den riesenhaften Angreifer ihres Baus zu attackieren. Bevor sie dich erreichen, lässt du den Ast fallen und machst dich aus dem Staub – nach links (weiter bei **77**) oder nach rechts (**5**)?

49 Du zückst eine Goldmünze und lässt sie in die finstere Öffnung fallen. (Korrigiere dein **Abenteuerblatt** entsprechend.) Der Brunnen muss ungeheuer tief sein, denn auch nach etlichen Sekunden vernimmst du weder ein Platschen noch sonst einen Laut, der darauf hindeuten würde, dass die Münze irgendwo aufgekommen ist. Du wartest gespannt, doch nichts geschieht. Dann meldet sich die Stimme plötzlich erneut zu Wort:

Sei bedankt! Ein Goldstück mehr
erfüllt dir, was du wünschst so sehr.

Möchtest du eine weitere Münze in den Brunnen werfen (sofern du noch eine besitzt), weiter bei **24**. Folgst du stattdessen lieber dem Pfad, weiter bei **100**.

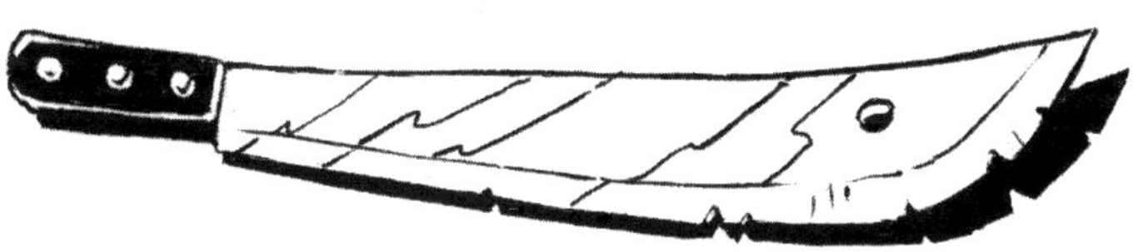

50 Vor dir wird es heller, und nach einigen Minuten Fußmarsch weitet sich der Pfad zu einer gewaltigen Lichtung. In ihrer Mitte, auf einer saftig grünen Wiese, ragt eine Gruppe uralter Mammutbäume in den Himmel, hoch wie Türme. Beeindruckend ist nicht allein ihre Größe, sondern auch, dass jemand im oberen Drittel der mächtigen Stämme mehrere durchgehende Ebenen aus Holz eingezogen hat. Auf diesen Planken, die zusammengenommen die Fläche eines kleinen Dorfes bilden, kannst du Hütten mit schilfgedeckten Dächern erkennen, dazwischen ein Gewirr aus Stegen, Kletterseilen und Brücken, die verschiedene Teile der Baumsiedlung miteinander verbinden. Treppchen und Leitern führen höher hinauf in die buschigen Kronen, wo sich noch mehr Ebenen befinden müssen. Den einzigen Weg vom Erdboden dort hinauf stellen mehrere große Bambuskörbe dar, die an langen Seilen von hölzernen Kränen herabhängen. Staunend näherst du dich der ungewöhnlichen Siedlung, bis du direkt unter einem der Körbe ankommst. Bist du in Begleitung eines Äfflings hier? Wenn ja, weiter bei **216**. Bist du allein gekommen, weiter bei **152**.

51 Du folgst dem Tunnel, bis er am Grund eines sechseckigen, gemauerten Schachts endet, der senkrecht in die Höhe führt. Hoch über dir ist ein Fleck hellen Tageslichts zu erkennen. Mithilfe eiserner Klettersprossen, die in die Ziegelwand eingelassen sind, kletterst du hinauf. Der Schacht mündet in einen ebenfalls sechseckigen Brunnen. Als du über die Umrandung ins Freie kletterst, stellst du erstaunt fest, dass du dich nicht länger im Wald, sondern auf einem weitläufigen Platz befindest, umgeben von weiß gekalkten Holzhütten – und unzähligen ungeschlachten, in Tierfelle gehüllten Wesen! Sie sind gut drei Köpfe größer als der größte Mann deines Heimatdorfes und tragen ohne Ausnahme riesige Hackmesser und Keulen am Gürtel. Oger! Es gibt also tatsächlich noch Überbleibsel dieser alten Rasse im Forst von Yorrok. Während du noch schreckensstarr dastehst, sieht dich einer der Kolosse und stößt einen Alarmschrei aus. Im Nu bist du eingekreist. Widerstand gegen diese Übermacht wäre zwecklos. Unter kehligem Gebrüll treiben dich die Oger quer durch ihre Siedlung zu einem großen, kastenförmigen Gebäude, dessen Fenster mit dicken Bambusstäben vergittert sind. Im Innern übergeben sie dich einem fetten, grobschlächtigen Kerl, den sie Murzak nennen, offenbar der Gefängniswärter. Er durchsucht dich nach Waffen und nimmt grinsend deine Machete an sich (streiche sie von deinem **Abenteuerblatt**). Deine restlichen Besitztümer scheinen ihn weniger zu interessieren, er beachtet sie nicht weiter. Stattdessen führt er dich einen Korridor mit diversen Zellentüren entlang, von denen er eine öffnet. Er packt dich am Arm, um dich hineinzustoßen … Trägst du einen Reif mit dem eingravierten Wort »Brugaz« am Handgelenk? Wenn ja, weiter bei **64**, wenn nicht, bei **213**.

52 Du folgst den Ogern in gebührendem Abstand, ohne dass sie dich bemerken. Bald erreichen sie ein flaches, ebenfalls weiß gekalktes Gebäude und verschwinden darin. Du findest ein offenes Fenster, durch das du ins Innere spähen kannst – und musst an dich halten, einen Laut des Ekels zu unterdrücken. Vor dir liegt ein riesiger Raum mit zahlreichen aus Lehm geformten Kochstellen. Offene Feuer lodern unter großen Kesseln, aus denen dicker Rauch brodelt, der Boden ist übersät mit abgeschabten Knochen. Instinktiv ahnst du, dass es sich nicht allein um Tierknochen handelt, und auch über die Herkunft der länglichen, roten Schinkenkeulen, die an Haken von der Decke baumeln, willst du dir lieber keine Gedanken machen … Die Oger marschieren zielstrebig ganz nach hinten, wo sie ihre Last unsanft zu Boden fallen lassen und die Fesseln lösen, mit denen ihr Gefangener an den Pfahl gebunden ist. Ein Kobold mit grüner Haut und spitzen, abstehenden Ohren kommt zum Vorschein. Seine Kleider sind zerrissen, und er blutet aus mehreren kleinen Wunden. Verängstigt steht er vor den beiden Kolossen, die ihr Opfer prüfend anstupsen. »Sieh nur, wie mager er ist«, knurrt der rechte Oger. »Der gibt nicht mal eine ausreichende Fleischbeilage für die Suppe ab!«

»Nur Haut und Knochen, der Wicht«, beschwert sich auch der linke. »Wenn der erst mal gehäutet und entbeint ist, bleibt kaum noch etwas übrig. Aber es kann eben nicht jede Beute so lohnend sein wie der kleine Fette von neulich.«

»Du meinst den Dickwanst, den sich Häuptling Orguz fürs Festbankett reserviert hat?« Die Augen seines Kumpans beginnen zu leuchten. »Der seit zwei Tagen in dem alten Tempel südlich des Dorfes nach allen Regeln der Kunst gemästet wird?«

Sein Nebenmann nickt begeistert. »*Der* wird einen schönen Braten abgeben!« Die Aussprache des Ogers wird hörbar feuchter, weil ihm das Wasser im Mund zusammenläuft. »Wenn wir Glück haben, wirft Orguz wieder eine Keule von seinem Schmaus in die Menge, wie er es beim letzten Festmahl getan hat. Oooh, ich hoffe, ich werde diesmal der sein, der sie fängt!« Die Oger machen sich daran, den strampelnden Kobold kopfüber an einem System aus Seilzügen und Haken zu befestigen, das an der rückwärtigen Wand angebracht ist. Du überlegst blitzschnell: Ein »kleiner Fetter«, der vor zwei Tagen in die Siedlung gekommen ist? Das kann nur Bolko gewesen sein! Du musst unbedingt herausbekommen, wo sich der Tempel befindet, den die beiden erwähnt haben. Sobald der Kobold bewegungslos an einem Seil baumelt, verlassen die Oger die Dorfküche durch eine Tür im hinteren Bereich. Du überlegst, ob du dich hineinschleichen und den Ärmsten befreien sollst (weiter bei **34**). Oder willst du dich ohne Zeitverlust auf den Weg ins Zentrum der Siedlung machen, um mehr über den erwähnten Tempel herauszufinden (**215**)?

53 Unvermittelt klopft es an die Tür, und Mobert betritt die Hütte. Als er deinen fragenden Blick bemerkt, sagt er fröhlich: »Du Moberts Leben retten! Zum Dank Mobert mit dir kommen und helfen bei Suche nach dickem Jungen.« Bevor du Einspruch erheben kannst, fügt er hinzu: »Mobert auskennen in Wald! Hier leben schon immer. Dir helfen zu überleben. Wald gefährlich!«

Erfreut stimmst du zu. Gewiss kann dir Moberts Wissen um die Gefahren des Waldes auf deinem weiteren Weg hilfreich sein. Vermerke den Umstand, dass dich der dankbare Äffling ab sofort begleitet, auf deinem **Abenteuerblatt.** Mobert wird sich unauffällig im Hintergrund halten, weshalb er im folgenden Text nicht mehr ausdrücklich erwähnt wird. *Stößt du jedoch irgendwann auf einen Abschnitt, dessen Nummer als Umriss dargestellt ist, bedeutet dies, dass Mobert aktiv in die Handlung eingreift: Du brauchst die dortigen Anweisungen nicht zu befolgen, sondern darfst sofort 10 von der aktuellen Abschnittsnummer abziehen und dort weiterlesen.* Nachdem sich Mobert in einer Ecke der Hütte zusammengerollt und leise zu schnarchen begonnen hat, kommst auch du endlich zu etwas wohlverdienter Nachtruhe. Weiter bei **178**.

54 So wild du auch mit den Armen fuchtelst – für jedes abgeschüttelte Baumschwein kommen drei neue aus den Ästen gesprungen. Du kannst nicht verhindern, dass sich die gierigen kleinen Biester über den Inhalt deines Rucksacks hermachen und binnen kürzester Zeit fast alle deine bisherigen Fundstücke stibitzen. (Streiche *sämtliche Gegenstände bis auf deine Machete und einen weiteren* von deinem **Abenteuerblatt**.) Dann erst lassen sie von dir ab und huschen zurück in ihre Baumnester. Wütend drohst du den diebischen Rüsseltieren mit der Faust, doch du kannst nichts unternehmen, um deinen Besitz zurückzubekommen. Schließlich folgst du dem Pfad nach **100**.

55 Bevor du irgendwie reagieren kannst, flammt erneut ein grelles, weißes Licht auf, nur wenige Meter vor dir! Geblendet von dem unerklärlichen Blitz hebst du den Kopf – und erhaschst einen kurzen Blick auf einen haushohen, grauen Schatten, der donnernd, unter ohrenbetäubendem Trompeten zwischen den Bäumen hindurch auf dich zuprescht! Rasch machst du kehrt und rennst durch das Dickicht zurück in die Richtung, wo du die Lagerstatt und den Pfad vermutest. Zweige peitschen dir ins Gesicht, Dornen zerren an deinen Kleidern. Aus dem Augenwinkel nimmst du wahr, dass es jetzt auch an anderen Stellen zwischen den Baumstämmen unheilvoll zu blitzen beginnt. Da erreichst du den Pfad. Endlich kannst du dein Tempo beschleunigen, und wenig später hast du die sonderbare Erscheinung hinter dir gelassen. Verwirrt fragst du dich, was das wohl gewesen sein mag … Weiter bei **122**.

56 Du näherst dich der Zellentür und klopfst mehrmals dagegen, um die Aufmerksamkeit des Wächters auf dich zu lenken. Als ein Grunzen dir verrät, dass Murzak dich bemerkt hat, sagst du: »Der Beruf des Gefängniswärters wird gewiss nicht gut bezahlt. Was würdest du davon halten, dir mit einer kleinen Gefälligkeit ein paar Goldmünzen dazuzuverdienen, Murzak?« Nach kurzem Zögern hörst du, wie der Hocker über den Boden schabt, dann ertönt ein erneutes Grunzen, diesmal dicht vor der Tür. Wie viele Goldstücke willst du dem Oger anbieten (unter der Voraussetzung, dass du genügend besitzt):

- zwei (weiter bei **17**)?
- fünf (weiter bei **240**)?
- zehn (weiter bei **179**)?

57 Du bist nicht lange unterwegs, da vernimmst du aus dem Dickicht entlang des Weges plötzlich gedämpfte Stimmen. Mehrere Personen scheinen sich dort angeregt zu unterhalten. Du bleibst stehen und kneifst die Augen zusammen. Jetzt kannst du auch einen flackernden Lichtschein zwischen den Blättern ausmachen, möglicherweise ein Lagerfeuer. Solltest du deinen Vetter endlich aufgespürt haben? Du spitzt die Ohren, doch du bist zu weit entfernt, um einzelne Worte verstehen zu können. Die Stimmen – es sind mindestens drei – klingen allerdings auffallend krächzend, anders als Bolkos tiefes, grummelndes Organ. Abgesehen davon: Falls es sich tatsächlich um deinen Vetter handeln sollte, mit wem unterhält er sich dann? Möchtest du den Pfad verlassen, um herauszufinden, wer oder was sich da im Unterholz verbirgt (weiter bei **20**)? Oder glaubst du nicht, dass die Laute etwas mit deinem Vetter zu tun haben, und folgst stattdessen dem Pfad (**98**)?

58 Du schließt die Augen und versuchst, die Zelle jenseits der Tür mit deiner besonderen Gabe zu erfassen und zu durchleuchten … Unvermittelt stellen sich deine Nackenhärchen auf. Hinter der Zellentür befindet sich eine extrem gewalttätige Kreatur, bei der es sich unmöglich um deinen naiven, harmlosen Vetter Bolko handeln kann! Während du noch dastehst und mit deinen geistigen Fühlern nach dem Gefangenen tastest, erklingt die Stimme erneut: »Wird's bald? Du sollst mich rauslassen, bei Grunak, sonst brech ich dir beide Beine, du Wurm!« Du benötigst keinen weiteren Beweis – *das* war ganz bestimmt nicht dein Vetter. Leise ziehst du dich zurück, schleichst an der Wachstube vorbei und verlässt das Gefängnisgebäude. Weiter bei **138**.

59 Hinter deinem Rücken hörst du das Fauchen des hungrigen Raubtiers näher und näher kommen. Blitzartig machst du einen Satz zur Seite und gehst hinter einigen großblättrigen Büschen am Rand der Lichtung in Deckung. Sekunden später donnert der Löwenbär auf die Lichtung hinaus. Der viele Zentner schwere Koloss hat so ein Tempo drauf, dass er erst in der Mitte der freien Fläche zum Stehen kommt. Am Fuß des großen Baums hält er inne, richtet sich auf die Hinterbeine auf und sucht verwirrt nach seiner Beute. Du fürchtest schon, er könnte dich in deinem Versteck erspähen, als auf einmal etwas Unfassbares geschieht: Der riesige Baum über dem Kopf der Bestie scheint sich plötzlich zu deinem Verfolger hinabzubeugen! Dutzende schlangengleiche Äste – oder sind es Arme? – schlingen sich um die brüllende Bestie, der Löwenbär wird wie ein Spielzeug hoch in die Luft gehoben und verschwindet in einem dunklen Loch zwischen den Ästen. Mit einem Mal ist dir klar, weshalb auf der Lichtung eine so angespannte Stille herrschte: Die Natur hielt den Atem an, weil eine grässliche Baumbestie hier auf der Lauer lag. Während das Pflanzenmonster noch mit deinem Verfolger beschäftigt ist, schleichst du dich unbemerkt am Rand der Lichtung entlang zu deren südlichem Ende. Dort führt ein breiter Pfad durchs Unterholz, dem du erleichtert folgst. Weiter bei **195**.

60 Du folgst dem Pfad, der sich in wilden Schlangenlinien mal hierhin, mal dorthin windet. Plötzlich spürst du die Hand deines einäugigen Begleiters auf der Schulter. »Mobert nicht weiter mitkommen kann«, verkündet er bedrückt. »Dies Grenze von Äffling-Territorium. Uralte Gesetze verbieten weitergehen. Mobert dir wünschen viel Glück für Suche!« So sehr du auch versuchst, den Äffling zum Bleiben zu überreden, seine Entscheidung steht fest. Du schüttelst ihm zum Abschied alle vier Hände, dann hüpft er zurück in die Richtung, aus der ihr gekommen seid. Ein paar Stunden einsamen Marschierens später wird das Licht allmählich schummriger, die Laute der Tiere in den Bäumen verändern sich – die Dämmerung bricht herein. Du willst dir gerade einen sicheren Rastplatz für die Nacht suchen, da fällt dir ein flackernder Schein auf, der ein Stück voraus zwischen den Bäumen hindurchdringt. Du gehst darauf zu und erreichst eine von tiefschwarzen Bäumen umringte Wiese. In der Mitte erhebt sich ein uralter Tempel aus verwittertem Gestein. Brennende Fackeln an den Säulen, die ein schweres Vordach stützen, tauchen die Umgebung in ein unwirklich zuckendes Gelb. Ein halbes Dutzend riesiger Bäume schmiegen sich seitlich an die Tempelmauern. Ihre schlangengleichen Äste hängen bis auf den Boden herab, und obwohl es völlig windstill ist, hast du den Eindruck, als wogten sie kaum merklich hin und her. Nirgends ist etwas Bedrohliches auszumachen, dennoch verspürst du ein unbehagliches Gefühl in der Magengegend. Irgendetwas stimmt hier nicht … Vorsichtig näherst du dich dem Tempel. Willst du direkt auf das steinerne Eingangsportal zusteuern und versuchen, es zu öffnen (weiter bei **173**)? Oder besorgst du dir zunächst eine Fackel, um Licht für den Weg ins Innere zu haben (**136**)?

61 Irgendetwas sagt dir, dass es gut wäre, noch mehr von der Alten zu erfahren. Um ihre Zunge zu lösen, machst du ihr ein Kompliment über ihren unmöglichen Haarschmuck. Dein Plan geht auf: Die Greisin beginnt, wild drauflloszuplappern. Während der folgenden Minuten erzählt sie dir nahezu ihre ganze Lebensgeschichte: Angeblich ist sie eine Prinzessin namens Carunnah und wurde als Tochter eines Königs namens Fettfried van Dicken im fernen Lande Rylpsien geboren. Schon als junges Mädchen habe sie festgestellt, dass ihr das Leben am Hof nicht behagte, weswegen sie nach Konduula, ausgerechnet in den Forst von Yorrok gezogen sei und sich dort niedergelassen habe. Mithilfe ihrer »grandiosen Zauberkräfte«, wie sie sagt, habe sie sich zunächst den gesamten Wald untertan gemacht, dessen Bewohner sie angeblich als »allmächtige Herrscherin« akzeptiert hätten. Kurz darauf habe sie hinter ihrem Zelt eine Diamantenmine entdeckt, deren Erträge sie zur »reichsten Frau von ganz Konduula« gemacht hätten … Je länger du der Alten lauschst, desto mehr verfestigt sich ein Verdacht in deinem Hinterkopf: Diese Frau ist eine zwanghafte Lügnerin! Und das wiederum bedeutet, falls sie Bolko tatsächlich gesehen hat, ist er ganz sicher nicht nach rechts gegangen, wie sie behauptet hat. Unauffällig entfernst du dich Schritt für Schritt von der absonderlichen Greisin, die so versunken ist in ihren Bericht über ihren letzten »Rundflug über den Wald, auf eigenen Schwingen«, dass sie nichts davon mitbekommt. Rasch machst du dich nach links davon. Weiter bei **43**.

62 Mit gezückter Machete hechtest du durch das Buschwerk, einen Kampfschrei auf den Lippen – und erstarrst, als du das Lebewesen jenseits der Blätter in seiner ganzen Größe erkennen kannst. Das Geschöpf, das aufrecht wie ein Bär am Stamm eines mindestens tausendjährigen Baums lehnt, ist höher als das Dach deines Elternhauses in Roog. Sein Körper ist über und über von zottigem, verfilztem Fell bedeckt, mächtige Arme mit dolchartigen Greifklauen hängen bis fast zum Boden herab. Als das Tier träge seinen kleinen Kopf dreht und dich aus weit auseinanderliegenden Augen anstarrt, erkennst du erleichtert, dass es sich um ein Riesenfaultier handelt, einen harmlosen Pflanzenfresser. Dein plötzliches Auftauchen und der Lärm, den du dabei verursacht hast, haben das plumpe Tier jedoch irritiert. Mit einem unwilligen Grunzen fährt es einen seiner Arme aus und lässt ihn auf einen mächtigen Ast fallen, der mehrere Meter über deinem Kopf in die Luft ragt. Holz splittert, und bevor du auch nur ein entsetztes Keuchen ausstoßen kannst, hat dich der zentnerschwere Ast unter sich begraben! Dein Abenteuer endet vor den Füßen eines im Grunde völlig friedliebenden Waldbewohners.

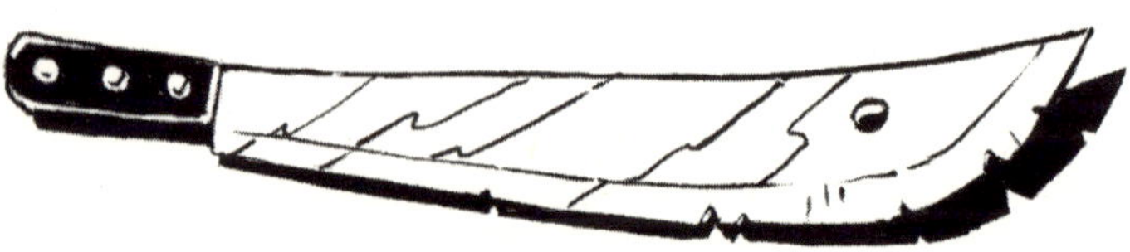

63 Du zückst den Wurfstern, zielst und schleuderst ihn in Richtung der teuflischen Auslöseschnur. Das messerscharfe Geschoss trifft die Schnur und durchtrennt sie, bevor sich die Klappe vollständig geöffnet hat. Als du den Stern wieder aufhebst, siehst du, wie sich mehrere dicke, grün bepelzte Waldspinnen aus dem entstandenen Spalt am unteren Ende der Klappe winden und zu Boden fallen. Zum Glück sind es nicht viele, du kannst sie mühelos am Boden zertreten. Dann wendest du dich der Tür zu. Sie ist, ganz wie du vermutet hast, verriegelt. Du untersuchst die Seilzüge an der Wand und findest schließlich die richtige Schnur – ein kräftiger Zug, ein Klicken, und die Tür ist wieder offen. Erleichtert verlässt du diese unterirdische Falle und folgst dem Gang nach **75**.

64 Als der Oger das Schmuckstück bemerkt, verzieht sich sein Gesicht hasserfüllt. »Du hast Brugaz umgebracht! Freiwillig hätte mein Bruder dir diesen Ring nie gegeben«, brüllt er. Noch bevor die restlichen Oger aus dem Vorraum herbeilaufen und den Grund des Tumults ergründen können, hat Murzak eine schwere, mit Steinsplittern gespickte Keule von seinem Gürtel gerissen und lässt sie mit Wucht auf deinen Schädel niederfahren. Dein Abenteuer – und dein Leben – enden im stinkenden Kerker der Oger von Yorrok.

65 Du hast die Lichtung etwa zur Hälfte überquert, passierst eben den Stamm des riesenhaften, frei stehenden Baums, da passiert es: Unvermittelt kommt Bewegung in Aberdutzende der herabhängenden, schlangengleichen Äste … oder sind es Arme? Du fühlst dich gepackt und hoch in die Luft gerissen, wo sich in der dicht belaubten Krone des Baums plötzlich ein dunkles, schmatzendes Loch auftut. So sehr du auch strampelst und um dich schlägst – dem stahlharten Griff des Chlorophyllus, einer der schrecklichsten Bestien der konduulischen Pflanzenwelt, kannst du nicht entkommen. Dein Abenteuer endet in seinem säuregefüllten Verdauungstrakt.

66 »Der Tempel liegt nicht weit von hier, höchstens eine oder zwei Stunden Fußmarsch.« Der Einsiedler erhebt sich und führt dich hinaus vor seine Hütte. Von den drei Wegen, die dort zusammentreffen, deutet er auf den östlichen. »Folge diesem Pfad bis zu einer Abzweigung nach rechts. Wenn du sie einschlägst, solltest du bald die Lichtung mit dem Tempel erreichen.« Du dankst Zebulorian für seine Hilfe und verabschiedest dich von ihm, seinen Kakadus, den Ratten und dem Baumschwein, das auf der Türschwelle der Hütte hockt und dir mit großen Augen nachstarrt. Bist du auf deinem bisherigen Weg von einem Rudel dieser geschickten Baumbewohner bestohlen worden? Wenn ja, weiter bei **143**. Wenn nicht, nickst du dem Alten ein letztes Mal zu und machst dich auf den Weg, den er dir gewiesen hat. Weiter bei **246**.

67 Unerschrocken marschierst du unter dem dichten Gewirr von Ästen und Schlingpflanzen hindurch. Da ertönt plötzlich ein schriller Pfiff. Im selben Moment lassen sich unzählige eigenartige Geschöpfe an den Lianen herabgleiten. Es sind winzige braune Schweine, kaum größer als Rebhühner, dafür mit geschickten kleinen Greifhänden an allen vier Beinen. Du versuchst, die Plagegeister abzuwehren, doch mehr und mehr Baumschweine purzeln aus dem Blättergewirr auf dich herab. Schon hockt das erste auf deiner Schulter, weitere landen auf deinem Rücken, deinem Kopf, deinem Rucksack. Erleichtert stellst du fest, dass sie keine scharfen Krallen besitzen, auch ihre

Rüssel weisen keine spitzen Zähne auf. Sie scheinen dir nicht feindlich gesinnt zu sein – dafür sind ihre kleinen Händchen umso geschickter! Im Nu haben die Tiere deinen Rucksack aufgenestelt und durchwühlen mit flinken Fingern deine Besitztümer. Hast du auf deinem bisherigen Weg irgendwo einen rot-weißen Pilz eingesteckt? Wenn ja, weiter bei **140**, wenn nicht, bei **54**.

68 Schlingpflanzen und Riesenfarne haben den Pfad so stark überwuchert, dass du nur langsam vorankommst. Immer wieder musst du deine Machete zücken und überhängende Äste oder Lianen abschlagen, die dir den Weg versperren. Gleichzeitig hältst du vor dir nach Spuren Ausschau, die Aufschluss darüber geben könnten, ob Bolko hier vorbeigekommen ist. Nach einiger Zeit fällt dir ein dumpfes, vibrierendes Geräusch auf. Es scheint aus dem umliegenden Buschwerk zu kommen, leise zunächst, aber rasch lauter werdend, bis es alle anderen Laute des Waldes übertönt. Es erinnert dich an einen Brummkreisel … aber woher sollte hier, im tiefsten Wald, ein Kreisel kommen? In diesem Moment löst sich eine dunkle Wolke aus dem Dickicht und schwebt zielstrebig auf dich zu. Du kneifst die Augen zusammen und erkennst, dass es sich um einen Schwarm Hornissen handelt – und zwar die größten, die du je gesehen hast. Schon sind die fingerlangen Insekten heran und stürzen sich auf dich! Hast du dich in letzter Zeit mit dem Saft dicker Buschblätter eingerieben? Wenn ja, weiter bei **214**, wenn nicht, bei **91**.

69 Vorsichtig schiebst du das Steinamulett so in die erste Öffnung, dass das Wolfssymbol nach vorn, die auf der Rückseite eingemeißelte Zahl I zu dir weist. Irgendwo tief in der Wand rumpelt es, ein Riegel gleitet knirschend zurück. Doch noch immer ist die Wand unbeweglich und massiv. »Das war spitze«, jubelt Bolko. »Mach weiter, los!« Welches Amulett möchtest du in das zweite Loch einsetzen – sofern du es besitzt?

– Ein Amulett mit einer elefantenartigen Kreatur darauf (weiter bei **237**)?

– Ein Amulett mit einem Baum (weiter bei **167**)?

Hast du kein weiteres Amulett, weiter bei **107**.

70 Ein paar Stunden einsamen Marschierens später wird das Licht allmählich schummriger, die Laute der Tiere in den Bäumen verändern sich – die Dämmerung bricht herein. Du willst dir gerade einen sicheren Rastplatz für die Nacht suchen, da fällt dir ein flackernder Schein auf, der ein Stück voraus zwischen den Bäumen hindurchdringt. Du gehst darauf zu und erreichst eine von tiefschwarzen Bäumen umringte Wiese. In der Mitte erhebt sich ein uralter Tempel aus verwittertem Gestein. Brennende Fackeln an den Säulen, die ein schweres Vordach stützen, tauchen die Umgebung des Gebäudes in ein unwirklich zuckendes Gelb. Ein halbes Dutzend riesiger Bäume schmiegen sich seitlich an die Tempelmauern. Ihre schlangengleichen Äste hängen bis auf den Boden herab, und obwohl es völlig windstill ist, hast du den Eindruck, als wogten sie kaum merklich hin und her. Nirgends ist etwas Bedrohliches auszumachen, dennoch verspürst du ein unbehagliches Gefühl in der Magengegend. Irgendetwas stimmt hier nicht … Vorsichtig näherst du dich dem Tempel. Willst du direkt auf das steinerne Eingangsportal zusteuern und versuchen, es zu öffnen (weiter bei **173**)? Oder besorgst du dir zunächst eine Fackel, um Licht für den Weg ins Innere zu haben (**136**)?

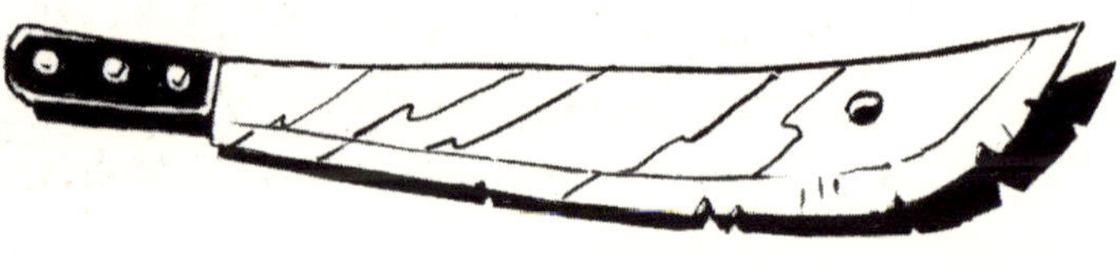

71 Du zückst Bolkos treuen Reisekompass, und binnen Sekunden hast du die Orientierung zurückgewonnen. Rasch findest du die Reste des Pfads wieder und folgst ihm in Richtung Süden. Hin und wieder blitzen in der Ferne bläuliche Irrlichter auf, wenn sich austretende Faulgase entzünden, aber du lässt dich nicht mehr vom Weg abbringen. Etwa eine Stunde später schält sich zu deiner Linken ein hüfthohes Gebilde aus dem Dunst. Es besteht aus Backsteinen, ein ungleichmäßig gemauertes, kniehohes Rund von schätzungsweise zehn Schritten Durchmesser. Möchtest du dir dieses sonderbare Bauwerk genauer ansehen (weiter bei **10**), oder ziehst du es vor, weiterzugehen, um den Sumpf so schnell wie möglich hinter dir zu lassen (**245**)?

72 Als der Dorfälteste zum Abschied deine Hand ergreift, fällt ihm auf, wie schwach und zittrig du bist. Auf seine Nachfrage berichtest du ihm von dem Missgeschick, das dir widerfahren ist. Sofort verständigt er den Schamanen des Dorfes, einen weisen Heiler mit zottigem Fell und einer reich verzierten hölzernen Gesichtsmaske. Der Äffling bereitet eine Tinktur aus heilkräftigen Pflanzen zu, die er dir zu trinken gibt. Dann stimmt er einen kehligen Singsang an, Bestandteil eines uralten Kraftzaubers, den er über dir wirkt. Am Ende dieser Zeremonie fühlst du dich so frisch und gesund wie lange nicht mehr. *Du bist von deinem Leiden geheilt und brauchst nicht länger die zurückgelegten Abschnitte zu zählen!* Weiter bei **7**.

73 Die Greisin nimmt die Goldmünze, starrt sie einen Augenblick lang skeptisch an … und wirft sie in hohem Bogen von sich. »Plunder! Tand!«, faucht sie. »Was, glaubst du, kann man hier im Wald mit Geld anfangen, hä? Richtig: gar nichts.« Damit dreht sie sich um und verschwindet in ihrer schäbigen Behausung. Du bist zu wütend, um einen erneuten Versuch zu starten, mit ihr ins Gespräch zu kommen, und versuchst stattdessen, deine Münze im Dickicht wiederzufinden. Aber sie ist auf Nimmerwiedersehen verschwunden. (Streiche ein Goldstück von deinem **Abenteuerblatt**.) Enttäuscht wendest du dich ab, um dem Pfad entweder nach links (weiter bei **43**) oder nach rechts zu folgen (**161**).

74 Nach einer Weile hast du den Eindruck, aus dem Buschwerk neben dem Weg gedämpfte Geräusche zu hören. Du bleibst stehen und lauschst konzentriert. Tatsächlich: Irgendjemand – oder irgendetwas – stöhnt schmerzerfüllt vor sich hin, höchstens ein Dutzend Schritte entfernt. Bolko? Nein, die Stimme klingt deutlich rauer und kehliger als die deines Vetters. Nichtsdestotrotz wecken die rätselhaften Laute deine Neugier. Möchtest du den Pfad verlassen und im Dickicht nach dem Rechten sehen, weiter bei **158**. Fürchtest du, dich abseits des Pfads in Gefahr zu begeben, und ziehst es vor, das Stöhnen zu ignorieren, weiter bei **100**.

75 Im trüben Licht des Leuchtmooses erkennst du, dass der Gang sich vor dir Y-förmig in zwei nahezu identische Arme aufspaltet. Sofern dir dein Orientierungsvermögen noch nicht völlig abhanden gekommen ist, führen beide grob in südliche Richtung. Für welchen entscheidest du dich? Gehst du links entlang (weiter bei **239**) oder lieber rechts (**51**)?

76 Du versuchst, den wachsenden Druck zu ignorieren, doch es hat keinen Zweck: Beiläufig, Millimeter für Millimeter, verengt die Schlange ihre schreckliche Umarmung, bis auch das letzte Quäntchen Luft pfeifend aus deiner Lunge entweicht. Schwindel erfasst dich, dein Sichtfeld beginnt zusammenzuschrumpfen … Das Letzte, was du siehst, bevor das Licht ausgeht, ist eine grün bepelzte, vierarmige Gestalt, die hektisch aus dem Unterholz auf dich zugehüpft kommt. Leider wirst du nie erfahren, ob das fremdartige Wesen dir möglicherweise gegen die Schlange beistehen wollte. Für dich kommt jede Hilfe zu spät, dein Abenteuer endet tragisch.

77 Du folgst dem Pfad eine Weile geradeaus, dann knickt er nach rechts ab und führt zwischen einigen der seltsamsten Bäume hindurch, die du je gesehen hast. Ihre Stämme sind schlank und hoch, ragen jedoch so windschief in die Höhe, als würden sie ständig von einem starken Sturm gebeutelt. Die hellbraune Borke ist faltig wie die Haut eines Greises, und als du genauer hinsiehst, glaubst du, eine verstohlene, kaum wahrnehmbare Bewegung auf der Oberfläche zu erkennen. Die Härchen in deinem Nacken stellen sich auf, als dir klar wird, dass du es offensichtlich mit einem magischen Phänomen zu tun hast! Möchtest du dich den sonderbaren Bäumen dennoch nähern, um sie genauer in Augenschein zu nehmen (weiter bei **142**), oder läuft du lieber rasch an ihnen vorüber (**233**)?

78 Nur wenige Steinwürfe hinter den rätselhaften Spuren öffnet sich der Pfad zu einer kreisrunden, freien Fläche, auf der Dutzende dunkelgraue, haushohe Felsbrocken herumstehen. Ihre Form wirkt zu gleichmäßig, um natürlichen Ursprungs zu sein, ihre Anordnung auf der freien Fläche scheint jedoch keinem erkennbaren Muster zu folgen. Als du dich ihnen näherst, fährt ein Beben durch die Steine, dann wendet sich einer nach dem anderen zu dir um. Voller Schrecken stellst du fest, dass es sich gar nicht um Felsen handelt, sondern um gewaltige, elefantenähnliche Kreaturen, von denen bisher lediglich die Kehrseite zu sehen war! Der vorderste Koloss hebt seinen Rüssel, und mit einem zischenden Geräusch schießt eine armlange, weißlich-blaue Flamme aus der Spitze hervor. Der Boden erbebt, als sich auch die anderen Tiere in Bewegung setzen und dich mit unheimlicher Zielstrebigkeit einkreisen. Immer mehr Rüsselflammen lodern auf, fauchen angriffslustig in deine Richtung, während der Kreis der riesigen Tiere sich unter bedrohlichem Tröten enger und enger schließt … Eine Minute später ist nichts von dir übrig als ein Häufchen in den Boden getrampelter grauer Asche. Dein Abenteuer hat ein tragisches Ende gefunden.

79 Mit einem mulmigen Gefühl dringst du ins Dickicht ein. Rasch bleibt der Pfad hinter Blättern, Lianen und knotigen Baumstämmen zurück. Du beschließt, das verlassene Lager einige Male zu umrunden. Sollte sich noch jemand in der Nähe aufhalten, müsstest du ihn so finden. Doch das ist leichter gesagt als getan: Schon nach wenigen Schritten beginnt das Zwielicht, deinen Augen Streiche zu spielen. Hat sich der Zweig vor dir gerade bewegt? Huschen da nicht kleine, vielarmige Schatten dicht über deinem Kopf durchs Blattwerk? Und hat kaum ein Dutzend Schritte voraus zwischen den Baumstämmen nicht eben etwas aufgeblitzt? **Befrag das Schicksal:** Erhältst du ᚼ, ᚠ oder ᛟ, geht es weiter bei **180**. Ist das Ergebnis ᚹ, ᛚ, ᚢ oder ᛏ, weiter bei **199**. Bei jeder anderen Rune weiter bei **55**.

80 Vorsichtig lugst du über das Fensterbrett. Du blickst geradewegs in einen großen Raum, dessen Wände mit geflochtenen Behängen aus Blättern und Schlingpflanzen dekoriert sind. Auf einem hölzernen Thron hockt ein bulliger Oger, eine aus Ästen geknotete Krone auf dem massigen Schädel – offenbar der Anführer der Sippe. Er ist in ein Gespräch mit einem älteren, weißhaarigen Oger vertieft, der gebückt neben dem Thron steht, eine hölzerne Schüssel in Händen. »Es ist zum Auswachsen!«, beschwert sich der Oger mit der Krone gerade. Er spricht so laut, dass du ihn trotz der Entfernung gut verstehen kannst. »Die Schätze Lormonossors des Gierigen *müssen* irgendwo im Wald versteckt sein. Aber so sehr ich auch suche, so emsig unsere Leute die entlegensten Winkel des Forstes durchstreifen, ich kann das Versteck einfach nicht finden.« Ein derber Fluch dringt zwischen seinen bräunlichen Zähnen hindurch. »Allein für die sagenumwobene goldene Krone, die Lormonossor aus den kostbarsten Beutestücken schmieden ließ, würde ich meine eigene Mutter in Steinsalz pökeln und zu Dauerwurst verarbeiten lassen!«
»Ruhig, Orguz, mein Herr. So beruhigt Euch doch.« Der

ältere Oger hebt dienstbar die Schüssel, in der es verdächtig zappelt und quiekt. »Ihr werdet den Hort gewiss bald finden. Möglicherweise seid Ihr ihm schon näher als Ihr denkt. Einen Imbiss?«

Unwirsch langt der Ogerhäuptling in die Schüssel. Als seine Pranke wieder zum Vorschein kommt, siehst du, dass er eine fette graue Ratte am Schwanz gepackt hält. Ohne hinzusehen, wirft er sich das Tier in sein riesiges Maul und zerkaut es mit nachdenklicher Miene. »Wie geht es dem kleinen Fettsack, der vor zwei Tagen in unser Dorf geschneit ist?«

Ein kleiner Fettsack? Du spitzt die Ohren.

Der Alte deutet eine Verbeugung an. »Wie befohlen wurde der kugelrunde Leckerbissen in den Tempel südlich des Dorfes gebracht, wo er seither von Euren Köchen fachkundig gemästet wird.«

Zufrieden lehnt sich der Herrscher in seinem Thron zurück. »Gut. So ist sichergestellt, dass er bis zum Fest der Halbmondwende von keinem der Gierschlünde aus dem Dorf angeknabbert wird.« Mit einem gierigen Gesichtsausdruck leckt sich Orguz die Lippen. »Wo wir gerade davon sprechen: Die Männer, die dem kleinen Vielfraß viermal täglich Obst, Kuchen und gegrilltes Baumschwein bringen, haben offenbar schon wieder vergessen, wie die Todesfalle am Eingang des Tempels zu entschärfen.« Er stößt einen Seufzer aus. »Verdammte, hirnlose Trottel! Erinnere Luutz, den Anführer der Truppe, bei Gelegenheit daran, dass er den steinernen Knauf am Tor nach rechts drehen muss, wenn er den Tempel unbeschadet betreten will. Nach *rechts!*«

»Sehr wohl, Herr.« Mit einer Verbeugung zieht sich der alte Oger zurück.

Du hast genug gehört. (Notiere, was dir von diesem Gespräch wichtig erscheint, auf deinem **Abenteuerblatt**.) Bevor der Alte den Palast verlassen kann und dich möglicherweise entdeckt, huschst du durch eine leere Gasse davon. Weiter bei **27**.

81 Schweißperlen treten auf deine Stirn, als du mit aller Macht versuchst, den zuckenden Speer davon abzuhalten, dich zu durchbohren. Während des ungleichen Kampfes wirst du heftig hin und her geschleudert. Dabei öffnet sich dein Rucksack, und ein Gegenstand wird hinausgeschleudert, um auf Nimmerwiedersehen in den Dornbüschen neben der Hütte zu verschwinden. (Streiche einen beliebigen Gegenstand – außer deiner Machete – von deinem **Abenteuerblatt**.)

Dir ist das im Augenblick herzlich egal, denn schon unternimmt der verzauberte Speer einen nächsten Angriff. Er stößt zu! **Befrag das Schicksal** erneut: Erhältst du ᛞ, ᛉ, ᚢ oder ᛗ, weiter bei **28**. Ist das Ergebnis eine andere Rune, weiter bei **186**.

82 Bevor du dich zwischen dem Durchgang oder dem Weg in die Tiefe entscheiden kannst, befällt dich unvermittelt ein überwältigendes Gefühl drohender Gefahr. Der Eindruck ist so intensiv, dass dir für einen Moment die Luft wegbleibt. Nach kurzem Zögern machst du auf dem Absatz kehrt und rennst die steilen Stufen wieder hinauf – keine Sekunde zu früh! Weit unter dir beginnt es mit einem Mal zu poltern und zu rumoren, dann erbebt der Turm plötzlich in seinen Grundfesten, und ein ohrenbetäubendes Brüllen rast aus der Tiefe empor. Gerade noch rechtzeitig erreichst du die oberste Plattform, hechtest ins Freie und wirfst dich zu Boden. Einen Wimpernschlag später schießt eine Fontäne aus dampfendem, brodelndem Matsch aus der Öffnung und hoch in den Himmel hinauf! Der Turm muss so tief eingesunken sein, dass sein Fundament eine vulkanische Quelle angestochen hat. Wie bei einem Geysir sprudeln nun regelmäßig Unmassen kochenden Schlamms durch das Treppenhaus in die Höhe. Kein Wunder, dass es stets frei und unverstopft ist! Ängstlich schützt du deinen Kopf mit den Armen, während ringsum heißer Schmadder zu Boden regnet. Zum Glück endet der Ausbruch ebenso schnell, wie er begonnen hat. Das Grollen aus der Tiefe lässt nach, die Fontäne versiegt. Du stehst auf, reinigst notdürftig deine Kleidung und folgst dem Pfad nach **245**.

83

Hastig siehst du dich um und entdeckst einen freien Haken, der niedrig genug hängt. Zum Glück ist er recht stumpf, sodass der Kragen deines Mantels nicht einreißt, als du ihn darüberstreifst und dich mit deinem ganzen Gewicht dranhängst. Du überkreuzt die Hände auf dem Rücken, damit es so aussieht, als wärst du gefesselt. Dann schließt du die Augen und betest, dass die Oger auf deine Tarnung hereinfallen und dich für ein weiteres bewusstloses Beutestück halten … Da wird die Vordertür des Gebäudes auch schon aufgerissen, und ein Dutzend Oger trampeln mit schweren Schritten in den Raum. »Wer hat den Alarm ausgelöst?«, brüllt eine Stimme irgendwo links von dir.

»Keine Ahnung«, antwortet jemand vom anderen Ende der Küche. »Hier ist keiner.«

»Wird wieder so ein verdammter Fehlalarm gewesen sein. Ich war von Anfang an dagegen, dass Häuptling

Orguz hier solche modernen Apparate einbauen lässt.« Die Stimme des Sprechers wird lauter, er scheint direkt auf dich zuzukommen. »Bei Grunak, was haben wir denn *hier?*« Der Oger muss jetzt unmittelbar vor dir stehen. Der raubtierartige Gestank des Ungetüms steigt dir in die Nase, als es dich von oben bis unten mustert. Verfügst du über das Talent VERBERGEN? Wenn ja, weiter bei **117**, wenn nicht bei **172**.

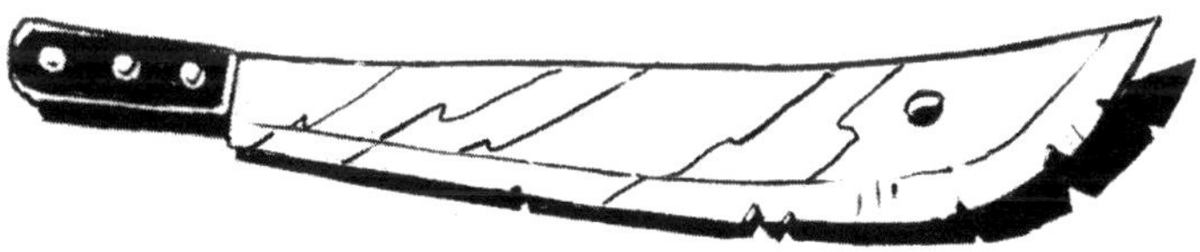

84 Wütend zuckt Lurms Kopf herum – offenbar glaubt er, Zamek, der neben ihm sitzt, hätte gesprochen. »Was schwafelst du für einen Unsinn, Zamek? Soll ich dir deine hässliche Visage verbiegen?«
»Wenn Zamek sagt, dass die Schenkel dem Jäger zustehen, dann soll ich sie auch bekommen«, meldet sich Gromek vom Feuer.
Zamek, vom Ausbruch seines Nebenmannes völlig überrascht, erhebt sich drohend. »Was willst du eigentlich, Lurm? Ist mir doch egal, in welches Stück des Hasen du deine faulen Zähne schlägst!«
»Wer hat hier faule Zähne, hä?« Auch Lurm springt nun auf. Ein Dolch blitzt in seiner Faust auf. »Das nimmst du zurück, oder ich schlitze dir deinen stinkenden Wanst auf!«

»Ho, ihr beiden!« Gromek kommt mit schlichtend erhobenen Händen um das Feuer herum. »Der Hase ist wohlgenährt und hat genug Fleisch für alle. Es besteht kein Grund, sich …«

»Wer hat *dich* denn gebeten, sich einzumischen?«, schreit Lurm und streckt Gromek mit einem gezielten Fausthieb zu Boden. Im selben Moment stürzt sich Zamek, der jetzt ebenfalls ein Messer in der Hand hält, von hinten auf Lurm, und Sekunden später wälzen sich die drei Gnome als knurrendes, keifendes, spuckendes Knäuel am Boden. Unbemerkt kannst du deine Deckung verlassen und ihre Rucksäcke durchsuchen. Neben allerlei Abfall und Ekelhaftigkeiten stößt du auf zwei Goldmünzen sowie ein Stück aufgerolltes Pergament. (Vermerke deinen Fund auf deinem **Abenteuerblatt**. *Das Pergament kannst du zu einem beliebigen späteren Zeitpunkt lesen, indem dir den Abschnitt, an dem du gerade bist, merkst, und zu* ***120*** *blätterst.*) Mit einem raschen Blick vergewisserst du dich, dass die Gnome ihre Prügelei mittlerweile in die Büsche am Rand des Platzes verlagert haben. Du reißt dir einen Schlegel von ihrem Braten ab und kehrst zufrieden kauend zum Pfad zurück. Weiter bei **98**.

85

Du nimmst Anlauf und springst auf den ersten Felsbrocken, dann weiter zum zweiten, zum dritten … Zunächst läuft alles bestens, doch als du nach einem besonders weiten Satz auf dem fünften Stein aufkommst, rutscht dein Fuß auf der feuchten Oberfläche ab, und du stürzt der Länge nach ins eiskalte Wasser. Panisch ruderst du mit den Armen, um zur anderen Seite zu gelangen, bevor die Piranhas die Verfolgung aufnehmen können. Und obwohl die ewig hungrigen Biester deine Bewegungen im Wasser spüren und sogleich pfeilschnell herangeschossen kommen, gelingt es dir, das rettende Ufer zu erreichen, bevor einer der Fische seine nadelspitzen Zähne in dein Fleisch schlagen kann. Bei deiner hektischen Flucht wird allerdings eines deiner Fundstücke aus deinem Rucksack gespült und versinkt unwiederbringlich in den Fluten. (Streiche einen beliebigen Gegenstand – außer deiner Machete – von deinem **Abenteuerblatt**.) An der Uferböschung bleibst du zunächst eine Weile liegen, um wieder zu Kräften zu kommen. Dann erhebst du dich, wringst notdürftig deine Kleidung aus und folgst dann dem Pfad, der auf dieser Seite des Wassers tiefer in den Wald führt. Weiter bei **74**.

86 »Niemand kann behaupten, die alte Carunnah ließe ihrer Beute keine faire Chance«, verkündet die Riesenkröte zufrieden und reißt ihr gewaltiges Maul auf. Für einen Sekundenbruchteil siehst du nur noch schleimiges, speichelfeuchtes Rosa, dann hat das Monstrum dich am Stück verschlungen und heruntergeschluckt wie eine Stubenfliege! Du findest ein qualvolles Ende im Magen einer Kröte, die offenbar zu schlau für dich war. Deine Mission ist gescheitert.

87 Stunden vergehen. Schließlich ertönen draußen Schritte, und die Zellentür wird aufgerissen. Eine bewaffnete Abordnung Oger zerrt dich hinaus in den Flur, aus dem Gefängnis und weiter, diverse verwinkelte Gässchen entlang. Schließlich erreicht ihr ein mehrstöckiges Gebäude mit hölzernen Balkonen und Türmchen, das die umliegenden Hütten deutlich überragt. Offenbar handelt es sich um eine Art Palast, möglicherweise das Domizil des Häuptlings. Durch ein Eingangstor, das von zwei gewaltigen Ogern mit mannslangen Keulen bewacht wird, schubsen dich deine Bewacher in einen großen Raum, dessen Wände mit geflochtenen Behängen aus Blättern und Schlingpflanzen dekoriert sind. Auf einem hölzernen Thron sitzt ein bulliger Oger mit einer aus stacheligen Ästen geknoteten Krone auf dem Schädel. Du erhältst einen derben Stoß zwischen die Schulterblätter und stolperst vorwärts, während hinter dir jemand brüllt: »Auf die Knie vor Häuptling Orguz, dem mächtigen Herrscher von Yorrok und legitimen Erbe von Lormonossor dem Gierigen!«

Die schweinshaften Äuglein des Ogerführers verengen sich zu Schlitzen, als er dich mustert. »Schau an, ein Besucher«, stellt er fest. »Schon der zweite innerhalb weniger Tage. Leider nicht so schön fett wie der Erste, aber egal.« Er lacht polternd. »Dafür wird der andere, der kleine Dickwanst, einen hervorragenden Braten für unser Festbankett abgeben, wenn er erst richtig gemästet ist.«

Dir läuft eine Gänsehaut über den Rücken. Zwei Besucher innerhalb weniger Tage, einer davon ein »kleiner Dickwanst«? Demnach hat es Bolko tatsächlich bis hierher geschafft!

»Du erbärmliche Gestalt gibst dagegen nicht viel her«, lässt sich der Ogerhäuptling vernehmen. Er überlegt kurz. »Hmm. Klein gehackt, gestreckt mit Wurzelknollen und jungen Möhrchen, reicht es vielleicht, um wenigstens ein paar Pasteten zu füllen. Und deine Knochen können wir anschließend zu Brühe auskochen.« Er langt neben seinen Holzthron und hebt ein gewaltiges Schlachtermesser mit schartiger Klinge auf. »Bestellt der Palastwache, dass es heute Abend Fleisch gibt!«, brüllt Orguz. Er erhebt sich und kommt mit Riesenschritten auf dich zu, während die umstehenden Kolosse begeistert zu johlen beginnen. Wenn dir nicht ganz rasch etwas einfällt, hat dein letztes Stündlein geschlagen! Kennst du eine Zauberformel, mit der man einen Oger in Stein verwandeln kann? Wenn ja, weiter bei **163**, wenn nicht, bei **95**.

88 Als du näher kommst, stellst du voller Entsetzen fest, dass es sich bei dem Geröll rings um den Erdhügel gar nicht um Steine handelt. Es sind Knochen! Sauber abgenagt liegen die Gerippe von Vögeln, Säugetieren und Weiß-der-Himmel-was-noch vor dem Höhleneingang verstreut. Du willst kehrt machen und dich schleunigst wieder verdrücken, da ertönt aus dem Innern der Höhle ein schnüffelndes Geräusch, gefolgt von einem dumpfen Fauchen. Augenblicke später erscheint der hoch aufgerichtete Umriss eines riesigen Tiers im Zwielicht des Erdlochs. Er erinnert an einen gewaltigen Bären, Kopf und Schultern werden jedoch von einer zottigen Mähne umwallt. Der Löwenbär stößt ein ohrenbetäubendes Brüllen aus, lässt sich auf alle Viere fallen und galoppiert in erschreckendem Tempo auf dich zu! So schnell du kannst, rennst du zurück zum Pfad. Leider denkt das Monstrum gar nicht daran, die Verfolgung aufzugeben. Dicht bleibt es dir auf den Fersen, während du panisch zwischen den Bäumen entlanghetzt. Merk dir, dass dich ein hungriger Löwenbär verfolgt, und lies weiter bei **6**.

89 Rasch bleiben die Baumsiedlung und das Geschnatter ihrer merkwürdigen Bewohner hinter dir zurück. Unbehelligt erreichst du den südlichen Rand der Lichtung, wo du nach kurzem Suchen einen breiten Pfad entdeckst, der schnurgerade weiter durch den Wald führt. Du beschließt, ihm zu folgen. Nach einer guten Stunde wird das Licht, das durch das Blätterdach über deinem Kopf sickert, immer spärlicher, bis du kaum noch die Hand vor Augen erkennen kannst – die Dämmerung bricht herein. Dir ist nicht eben wohl bei dem Gedanken, allein mitten im Wald zu übernachten, aber dir bleibt nichts anderes übrig, als dir einen Schlafplatz zu suchen. Nach einem kargen Abendessen aus Beeren, die du am Wegesrand findest, kletterst du in die Krone eines mächtigen Baums und machst es dir, so gut es geht, in einer Astgabel bequem. Die Entbehrungen des Tages zeigen ihre Wirkung, und rasch fallen dir die Augen zu. **Befrag das Schicksal!** Erhältst du:

– ᛰ oder ᛞ

Trotz der unbequemen Position schläfst du tief und fest – *so* tief und fest, dass du nicht einmal aufwachst, als sich mitten in der Nacht ein geschmeidiger, viele Meter langer Schatten aus der Krone des Baums zu dir hinabschlängelt. Erst, als der muskulöse Leib der Würgeschlange sich eng um deinen Brustkorb zusammenzieht, fährst du mit einem erstickten Schrei aus dem Schlaf hoch. Doch da ist es bereits zu spät: Du hörst

Knochen brechen, dann wird dir schwarz vor Augen. Dein Abenteuer ist beendet.

– ᛟ, ᚠ oder ᛚ

Du schläfst tief und traumlos. Als du am nächsten Morgen erwachst, stellst du fest, dass der erholsame Schlummer nicht nur Vorteile hatte: Irgendwelche diebischen Tiere haben während der Nacht deinen Rucksack geöffnet und *alle* Gegenstände geraubt, die du bisher hineingetan hattest! (Leere dein **Abenteuerblatt** bis auf deine Machete.)

– ᛏ, ᚼ oder ᚢ

Deine Nachtruhe verläuft ungestört und hilft dir, deine Kräfte zu regenerieren. Leider öffnet sich im Verlauf der Nacht dein Rucksack, und ein Gegenstand (falls du bereits einen gefunden hattest) purzelt heraus, um im dichten Buschwerk am Fuß des Baums auf Nimmerwiedersehen zu verschwinden. (Streiche einen beliebigen Gegenstand – außer deiner Machete – von deinem **Abenteuerblatt**.)

– ᛞ oder ᛉ

Dein Schlaf ist tief und währt ohne Unterbrechungen bis in die frühen Morgenstunden. Du erwachst erfrischt und ausgeruht, bereit, dich wieder auf die Suche nach deinem Vetter zu machen.

Sofern du die Nacht im Wald lebend überstanden hast, kletterst du zu Boden, frühstückst noch ein paar Beeren und folgst dem Pfad anschließend nach **46**.

90 Unvermittelt hält Mobert dich an der Schulter zurück und deutet geradeaus. Dort versperrt eine Palisade den Weg, eine Wand aus fest vertäuten, angespitzten Baumstämmen. Ein großes Tor verschluckt den Pfad wie ein Maul. Es steht offen. »Dies Dorf von schrecklichen Ogern«, erklärt der Äffling mit belegter Stimme. »Mobert einsehen, dass du dort nach dickem Jungen suchen müssen. Aber Mobert ab hier nicht mehr begleiten können.« Todesangst steht in dem großen Auge des grün bepelzten Burschen. Du nickst und schüttelst Mobert zum Abschied dankbar alle vier Hände, worauf er sich durch das Unterholz davonmacht. (Vermerke auf deinem **Abenteuerblatt**, dass du ab sofort nicht mehr von einem Äffling begleitet wirst. *Als Umriss dargestellte Abschnittsnummern haben für dich fortan keine besondere Bedeutung mehr.*) Vorsichtig schleichst du näher an die Palisadenwand, um einen Blick durch das Tor zu werfen. Dahinter liegt eine chaotische Ansammlung hölzerner Hütten mit weiß gekalkten Wänden. Ein Gewirr von Gassen führt zwischen den Gebäuden hindurch, tiefer in die Siedlung hinein. Plötzlich vernimmst du knirschende Schritte und gehst instinktiv hinter einem nahen Baum in Deckung. Die beiden Gestalten, die Sekunden darauf den Pfad entlangkommen und auf das Tor zustapfen, sind massig und würden selbst den größten Mann deines Heimatdorfes um mindestens drei Köpfe überragen. Sie sind in schmutzige Tierfelle gehüllt, die Sprache, in der sie sich unterhalten, ist rau und kehlig. Du schluckst, als dir klar wird, dass du zwei leibhaftige Oger vor dir hast. Es gibt also noch Vertreter dieses grässlichen Volkes im Forst von Yorrok – und nach der Größe ihres Dorfes zu schließen, nicht eben wenige! Aus deinem Versteck beobachtest du die beiden Kolosse. Sie schleppen einen dicken Ast zwischen sich, an den eine deutlich kleinere Gestalt gefesselt ist, möglicherweise ein Mensch. Zusammen mit ihrer Last passieren sie das Tor und wenden sich nach links. Außer ihnen ist weit und breit niemand zu sehen. Du fragst dich, wieso die Oger das Tor ihrer Siedlung offen und unbewacht lassen, doch die Antwort fällt dir nur einen Augenblick später ein: Wen sollten diese gewalttätigen Riesen schon fürchten? Du willst dich gerade lautlos zurückziehen und einen weiten Bogen um das Dorf machen, als dir klar wird, dass Mobert recht hatte: Du musst dort hinein und nach deinem Vetter suchen! Falls Bolko auf seiner Schatzjagd bis hierher vorgedrungen ist, hat er gewiss versucht, in der Siedlung Informationen über dessen Versteck zu erlangen. Du wirfst einen erneuten Blick durch das Tor. Die beiden Oger entfernen sich mit ihrem Gefangenen durch eine schmale Gasse zu deiner Linken. Geradeaus kannst du hinter einigen geweißten Hütten eine größere freie Fläche ausmachen, vielleicht einen Marktplatz. Zu deiner Rechten erkennst du ein großes, kastenförmiges Gebäude mit Wänden aus Lehm, dessen Fenster mit dicken Bambusstäben vergittert sind, vielleicht ein Gefängnis. Wenn du glaubst, bei dem Gefangenen der beiden Oger könnte es sich um Bolko handeln, kannst du versuchen, ihnen zu folgen (weiter bei **52**). Gehst du davon aus, dass dein Vetter noch auf freiem Fuß ist und sich auf direktem Weg ins Zentrum des Dorfes begeben hat, kannst du dich auf den Platz zuschleichen (**215**). Erscheint es dir am sinnvollsten, in dem gefängnisartigen Gebäude nach Bolko zu suchen, weiter bei **119**.

91

In Sekundenschnelle hat die summende Wolke dich von Kopf bis Fuß eingehüllt. Schon spürst du, wie sich die ersten Insekten auf deinen Unterarmen und deinem Gesicht niederlassen und nach einer geeigneten Stelle suchen, um ihre giftigen Stachel in deine Haut zu bohren. Willst du nach den Biestern schlagen, um sie loszuwerden (weiter bei **18**), oder versuchst du, mit geschlossenen Augen und zusammengepressten Lippen so schnell wie möglich durch die Wolke hindurch- und davonzurennen (**127**)?

92

Du gehst in die Hocke und streckst eine Hand nach dem Gelege aus. Diese Riesendinger werden bei deiner nächsten Rast fürstliche Spiegeleier abgeben! Als sich deine Finger gerade um die erste getüpfelte Schale schließen wollen, vernimmst du aus dem Laubdach über dir plötzlich ein verstohlenes Rascheln. Ein Ast bricht, dann landet ein fauchendes, bepelztes Etwas neben dir auf dem Waldboden, groß wie ein Panther! Du taumelst vom Nest fort, doch das Geschöpf lässt dir keine Gelegenheit zur Flucht. Mit katzenhafter Gewandtheit schnellt es vorwärts, wobei es ein langes, echsenartiges Maul aufreißt. Sekundenbruchteile, bevor sich Dutzenden dolchspitzer Zähne um deine Kehle schließen, erhaschst du einen letzten Blick auf seidiges, grün-schwarz gestreiftes Fell, das büschelweise aus den Ritzen eines schlangenartigen Schuppenpanzers wächst. Dann wird es schwarz um dich herum. Du endest als willkommener Imbiss für das Weibchen des Walddrachen, einer seltenen Tiergattung, die ihr Gelege aggressiv wie kaum eine zweite verteidigt. Dein Abenteuer hat ein tragisches Ende gefunden.

93 »Was hat es mit diesem geheimen Raum auf sich, den Ihr erwähnt habt?«, hakst du nach.
Statt einer Antwort schüttelt Zebulorian seinen Bart, bis zwei schlanke braune Ratten daraus hervorrutschen und auf die Tischplatte purzeln. Der alte Mann stößt einige fiepende Laute aus, worauf die rechte Ratte etwas in ähnlichem Ton antwortet. »Laut meinen kleinen Freunden gibt es irgendwo im hinteren Teil des Tempels eine Wand mit drei getarnten Öffnungen«, erklärt Zebulorian. »Ein Satz steinerner Amulette diente einst als Schlüssel, drei uralte Schmuckstücke, auf deren Rückseiten eingemeißelt steht, in welcher Reihenfolge sie in die Schlösser eingesetzt werden müssen.« Er zuckt die Achseln. »Leider ist diese In-

formation nutzlos, denn die Amulette sind seit den Tagen des alten Ogerfürsten verschollen.«
Du bist dir nicht so sicher, ob diese Information tatsächlich so nutzlos ist, daher notierst du sie auf deinem **Abenteuerblatt**. Möchtest du Zebulorian nun nach dem Weg zum Tempel fragen und so schnell wie möglich aufbrechen (weiter bei **66**)? Oder nimmst du dir die Zeit, dich zunächst nach Gefahren zu erkundigen, die dich dort möglicherweise erwarten (**129**)?

94 Einen Strauch wie diesen hast du noch nie gesehen. Seine Blätter wirken wie aufgebläht und sind weich wie Schwämme. Auf leichten Druck geben sie Unmengen einer gelben, milchigen Flüssigkeit ab. Der Saft ist zähflüssig und riecht zuckrig, ein bisschen wie der Sirup, den deine Großmutter im Herbst immer aus süßen Rüben kocht. Wenn du magst, kannst du von dem Pflanzensaft kosten (weiter bei **110**). Trägst du stattdessen lieber etwas davon auf deine Haut auf, weiter **162**. Sind dir die Blätter dieser Pflanze nicht geheuer, kannst du sie auch links liegen lassen und dem Pfad nach **238** folgen.

95 Unaufhaltsam kommt Orguz, Häuptling der Oger von Yorrok, auf dich zu. Sein riesiges Hackmesser beschreibt einen weiten Bogen, als er es auf dich herabfahren lässt, dann wird es dunkel um dich herum. So dicht du deinem Vetter Bolko in den letzten Stunden deines Lebens auch auf der Spur gewesen sein magst – nun findest du ein trauriges Ende auf der Speisekarte der Oger!

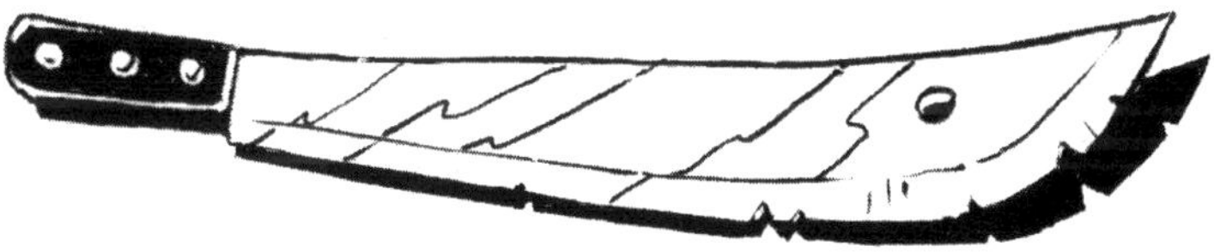

96 Eine gute Stunde später wird das Licht, das durch das dichte Blätterdach über deinem Kopf sickert, immer spärlicher, bis du kaum noch die Hand vor Augen erkennen kannst – die Dämmerung bricht herein. Dir ist nicht wohl bei dem Gedanken, allein mitten im Wald zu übernachten, aber dir bleibt nichts anderes übrig, als dir einen Schlafplatz zu suchen. Nach einem kargen Abendessen aus Beeren, die du am Wegesrand findest, kletterst du am Stamm eines mächtigen Baums in die Höhe und machst es dir, so gut es geht, in einer Astgabel bequem. Die Entbehrungen des Tages zeigen ihre Wirkung, und rasch fallen dir die Augen zu. **Befrag das Schicksal!** Erhältst du:

– ᛉ oder ᛞ

Trotz der unbequemen Position schläfst du tief und

fest – *so* tief und fest, dass du nicht einmal aufwachst, als sich mitten in der Nacht ein geschmeidiger, viele Meter langer Schatten aus der Krone des Baums zu dir hinabschlängelt. Erst, als der muskulöse Leib der Würgeschlange sich eng und immer enger um deinen Brustkorb zusammenzieht, fährst du mit einem erstickten Schrei aus dem Schlaf hoch. Doch da ist leider bereits zu spät. Du hörst Knochen brechen, dann wird dir schwarz vor Augen. Dein Abenteuer ist beendet.

– ᚢ, ᚼ oder ᛏ

Du schläfst tief und traumlos. Als du am nächsten Morgen erwachst, stellst du fest, dass der erholsame Schlummer nicht nur Vorteile hatte: Irgendwelche diebischen Tiere haben während der Nacht deinen Rucksack geöffnet und *alle* Gegenstände geraubt, die du bisher hineingetan hattest! (Leere dein **Abenteuerblatt** bis auf deine Machete.)

– ᛚ, ᚠ oder ᛟ

Deine Nachtruhe verläuft ungestört und hilft dir, deine Kräfte zu regenerieren. Leider öffnet sich im Verlauf der Nacht dein Rucksack, und ein Gegenstand (falls du bereits einen gefunden hattest) purzelt heraus, um im dichten Buschwerk am Fuß des Baums auf Nimmerwiedersehen zu verschwinden. (Streiche einen beliebigen Gegenstand – außer deiner Machete – von deinem **Abenteuerblatt**.)

– ᛗ oder ᛰ

Dein Schlaf ist tief und währt ohne Unterbrechungen bis in die frühen Morgenstunden. Du erwachst erfrischt und ausgeruht, bereit, dich wieder auf die Suche nach deinem Vetter zu machen.

Sofern du die Nacht im Wald lebend überstanden hast, kletterst du zu Boden, frühstückst noch rasch ein paar Beeren und folgst dem Pfad anschließend nach **188**.

97 Mit erhobener Fackel trittst du zu Bolko vor die Wand. In Kopfhöhe befinden sich drei runde Aussparungen, über denen ein Muster aus Symbolen eingemeißelt ist, insgesamt drei verschiedene, die sich ständig wiederholen: ein Baum mit weit herabhängenden Ästen, ein sechsbeiniger, stachelbesetzter Wolf sowie ein elefantenartiges Tier, das Feuer speit. »Ich glaube, man muss irgendwas in die Löcher stecken, damit die Geheimtür aufgeht«, erkennt Bolko blitzgescheit. »Blöderweise hab ich gerade nichts Passendes zur Hand. Du vielleicht?«

Besitzt du eines oder mehrere runde Steinamulette mit Tiersymbolen auf der Vorderseite, kannst du versuchen, eines davon in die erste der drei Öffnungen zu schieben. Wählst du dazu:

– ein Amulett mit einem Baum darauf (weiter bei **153**)?

– ein Amulett mit einer Elefantenkreatur (weiter bei **237**)?

– oder ein Amulett mit einem Stachelwolf (weiter bei **69**)?

Besitzt du keines davon, weiter bei **107**.

98

Ein paar Steinwürfe weiter beschreibt der Pfad eine Biegung nach rechts. Geradeaus kannst du durch das Blattwerk einen brackigen, mit Seerosen überwucherten Tümpel erkennen. Die Wasserfläche ist etwa so groß wie der Dorfplatz von Roog, das Ufer dicht mit Schilf bewachsen. Du willst dich gerade abwenden und dem Pfad folgen, da ertönt auf einmal ein heller, ängstlicher Ruf, ganz in deiner Nähe! Als du die Augen zusammenkneifst und zum See hinüberstarrst, glaubst du, zwischen den Schilfstangen am gegenüberliegenden Ufer hektische Bewegungen wahrzunehmen. Erneut ertönt ein Schrei, eindeutig von einem Lebewesen in höchster Not. *Bolko?* Willst du nachsehen, wer oder was die Laute verursacht (weiter bei **223**), oder vertraust du darauf, dass dein überängstlicher Vetter den sicheren Pfad gewiss nicht für ein Bad in einem trüben Tümpel verlassen hätte, und marschierst vorbei (**50**)?

99 Vor der Tür des Küchenhauses stößt du aus vollem Lauf mit einem riesigen Oger zusammen. Hart prallst du gegen seine tonnenförmige Brust und gehst zu Boden. Als du benommen wieder auf die Füße kommst, findest du dich umringt von einer ganzen Horde Menschenfresser, die dich böse angrinsen … Weiter bei **149**.

100 Nach einer Weile siehst du in der Ferne eine Palisade aufragen, eine Wand aus fest vertäuten, angespitzten Baumstämmen. Ein großes Tor verschluckt den Pfad wie ein Maul. Es steht offen. Vorsichtig schleichst du näher an die Palisadenwand, um einen Blick durch das Tor zu werfen. Dahinter liegt eine chaotische Ansammlung hölzerner Hütten mit weiß gekalkten Wänden. Ein Gewirr von Gassen führt zwischen den Gebäuden hindurch, tiefer in die Siedlung hinein. Plötzlich vernimmst du knirschende Schritte und gehst instinktiv hinter einem nahen Baum in Deckung. Die beiden Gestalten, die Sekunden darauf den Pfad entlangkommen und auf das Tor zustapfen, sind massig und würden selbst den größten Mann deines Heimatdorfes um mindestens drei Köpfe überragen. Sie sind in schmutzige Tierfelle gehüllt, die Sprache, in der sie sich unterhalten, ist rau und kehlig. Du schluckst, als dir klar wird, dass du zwei leibhaftige Oger vor dir hast. Es gibt also noch Vertreter dieses grässlichen Volkes im Forst von Yorrok – und nach der Größe ihres Dorfes zu schließen, nicht eben wenige! Aus deinem Versteck beobachtest du die beiden Kolosse. Sie schleppen einen dicken Ast zwischen sich, an den eine deutlich kleinere Gestalt gefesselt ist, möglicherweise ein Mensch. Zusammen mit ihrer Last passieren sie das Tor und wenden sich nach links. Außer ihnen ist weit und breit niemand zu sehen. Du fragst dich, wieso die Oger das Tor ihrer Siedlung offen und unbewacht lassen, doch die Antwort fällt dir nur einen Augenblick später ein: Wen sollten diese gewalttätigen Riesen schon fürchten? Du willst dich gerade lautlos zurückziehen und einen weiten Bogen um das Dorf machen, als dir klar wird, dass Bolko – falls er auf seiner Schatzjagd bis hierher vorgedrungen ist –, gewiss versucht hat, in der Siedlung Informationen über dessen Versteck zu erlangen. Du wirfst einen Blick durch das Tor. Die beiden Oger entfernen sich mit ihrem Gefangenen durch eine schmale Gasse zu deiner Linken. Geradeaus kannst du hinter einigen geweißten Hütten eine größere freie Fläche ausmachen, vielleicht einen Marktplatz. Zu deiner Rechten erkennst du ein großes, kastenförmi-

ges Gebäude mit Wänden aus Lehm, dessen Fenster mit dicken Bambusstäben vergittert sind, vielleicht ein Gefängnis. Wenn du glaubst, bei dem Gefangenen der beiden Oger könnte es sich um Bolko handeln, kannst du versuchen, ihnen zu folgen (weiter bei **52**). Gehst du davon aus, dass dein Vetter noch auf freiem Fuß ist und sich auf direktem Weg ins Zentrum des Dorfes begeben hat, kannst du dich auf den Platz zuschleichen (**215**). Erscheint es dir am sinnvollsten, in dem gefängnisartigen Gebäude nach Bolko zu suchen, weiter bei **119**.

101 Vorsichtig, jede schnelle Bewegung vermeidend, näherst du dich der Stelle, wo das Faultier am Fuß des Baums hockt und frisst. Ein ekelhafter Gestank steigt dir in die Nase, als du dich seinem filzigen Fell näherst … Hat da tatsächlich etwas aufgeblitzt?

Du beobachtest den Koloss, während er in Seelenruhe vor sich hinmampft. Doch das metallische Glänzen wiederholt sich nicht. Falls es tatsächlich ein Gegenstand war, den du gesehen hattest, sitzt das Riesenfaultier nun mit seinem ganzen Gewicht darauf. Da es keinerlei Anstalten macht, sich von der Stelle zu bewegen, lässt du es dabei bewenden und kehrst zum Pfad zurück. Weiter bei **221**.

102 Noch bevor die ersten Stachelwölfe vom Rand des Hohlwegs herabspringen können, rennst du los, direkt unter ihnen hindurch. Mit wütendem Knurren landen mehrere hinter dir in der Erdrinne und nehmen die Verfolgung auf. Während du keuchend vorwärtshetzt, das blutrünstige Hecheln der Raubtiere in den Ohren, hast du plötzlich einen Geistesblitz: Du ziehst deine Machete und hackst aus vollem Lauf immer wieder rechts und links in die weichen, porösen Erdwälle. Zunächst lösen sich nur einzelne Steine und Lehmbrocken, doch dann geschieht, was du kaum zu hoffen gewagt hattest: Die Erdmassen zu beiden Seiten der schmalen Rinne geraten ins Rutschen und stürzen mit Getöse hinter dir zusammen. Deine sechsbeinigen Verfolger werden unter der zentnerschweren Last begraben – du bist gerettet! Wenig später steigt der Pfad an, bis du wieder einem ganz normalen Wildpfad mit Bäumen auf beiden Seiten folgst. Weiter bei **40**.

103 Hastig läufst du zu dem Baum, kletterst ein paar Meter an seinem knotigen Stamm in die Höhe und ergreifst einen der armdicken, flexiblen Lianenäste. Du atmest noch einmal tief durch, dann stößt du dich kräftig mit den Füßen ab. In einem weiten Bogen schwingst du über die Wasserfläche ... Verfügst du über das Talent KLETTERN? Wenn ja, weiter **148**, wenn nicht, bei **243**.

104 Die Sorge um deinen Vetter wird mit jeder Minute größer. Ist es angesichts all der Gefahren, denen du selbst bisher nur knapp entronnen bist, überhaupt denkbar, dass Bolko noch am Leben ist? Oder hat er längst ein schreckliches Ende im Magen irgendeines Raubtiers gefunden? In solche und ähnliche Überlegungen versunken, bemerkst du gar nicht, dass du genau auf einen flachen Haufen aus belaubten Ästen zuhältst, der vor dir auf dem Weg liegt. Als du gerade einen Fuß auf die Laubschicht setzen willst, fühlst du dich plötzlich an der Schulter gepackt und zurückgerissen. Fragend blickst du Mobert, deinen grünpelzigen Begleiter, an. »Das Falle von grausamen Ogern!«, stößt er mit aufgerissenem Auge hervor. »Du um ein Haar reinfallen!« Mit der Spitze deiner Machete hebst du die Laubdecke vorsichtig an, und Moberts Aussage bestätigt sich: Unter den Ästen befindet sich eine über drei Meter tiefe Fallgrube. In diesem Moment vernimmst du knirschende Schritte vor dir, die rasch näherkommen. Blitzartig verschwindet der Äffling in den Büschen, und du tust es ihm gleich – keine Sekunde zu früh! Einen Augenblick später kommt eine riesige Gestalt den Pfad entlangmarschiert: Sie ist mindestens drei Meter groß, von grobschlächtigem Körperbau und erinnert mit ihren weit herabhängenden, muskulösen Armen an einen Höhlenmenschen. Das Ungetüm trägt eine mächtige, mit Steinsplittern gespickte Keule über der Schulter, und sein pfannkuchenartiges Gesicht mit dem einfältigen Grinsen voller spitz zugefeilter Zähne lässt keinen Zweifel: Dieses Geschöpf ist ein leibhaftiger Oger! Mit raumgreifenden Schritten kommt der Riese näher. Als du Mobert einen fragenden Blick zuwirfst, hebt er stumm einen Finger vor die Lippen und bedeutet dir, dich ganz still zu verhalten. Weiter bei **128**.

105 Dein Weg in die Tiefe führt dich an mehreren schmalen Öffnungen vorbei, Fenster oder Schießscharten. Natürlich ist dahinter nichts als feuchte, klumpige Erde zu sehen, der Turm steckt schließlich viele Meter tief im Boden. Du fragst dich gerade, wieso das Innere wohl vom Eindringen des Schlamms verschont geblieben ist, als sich neben dir ein weiterer Durchgang auftut. Auch hinter dieser Türöffnung ist nichts als Dunkelheit zu erkennen. Möchtest du trotzdem hindurchtreten (weiter bei **29**), oder steigst du weiter in die Tiefe (**228**)? Verfügst du über das Talent VORAHNUNG, lies sofort weiter bei **82**.

106 Kurz darauf erreichst du eine Abzweigung auf der rechten Seite. Du wirfst einen prüfenden Blick in die neue Richtung und bemerkst, dass die Äste, die diesen neuen Pfad überspannen, sich in ständiger wogender Bewegung befinden, so als würden unzählige kleine Tiere darin umherwuseln. *Bolko hätte sich garantiert nicht getraut, dort entlangzugehen*, denkst du grinsend. *Oder aber … er hätte erst recht darauf bestanden, diesen Weg einzuschlagen, in der Hoffnung, dass die Bewohner der Bäume ein paar köstliche Früchte zu ihm herabpurzeln lassen.* Möchtest du in den neuen Weg einbiegen (weiter bei **67**) oder lieber geradeaus weitermarschieren (**22**)?

107 Du stocherst und kratzt eine Weile vergeblich mit deiner Machete an der Wand herum, tastest, klopfst, schiebst und drückst, aber es hat keinen Zweck. Die steinerne Tür lässt sich nicht öffnen. Kurzerhand packst du Bolko am Kragen und zerrst den Protestierenden hinter dir her in Richtung Treppe. Weiter bei **202**.

108 Du trinkst gierig, gießt dir das Wasser in großen Schlucken in die Kehle. Es schmeckt eigenartig, ein bisschen bitter, wie rostiges Metall. Du überlegst gerade, ob du den Eimer noch einmal füllen sollst – wer weiß, wann du in dieser unwegsamen Gegend das nächste Mal etwas zu Trinken findest? –, als dich ein stechender Schmerz im Magen zusammenfahren lässt. Ein paar Sekunden später lässt er nach … nur, um sogleich mit Verstärkung zurückzukehren. Wimmernd sinkst du vor dem Brunnen auf die Knie. Das Wasser muss vergiftet gewesen sein, der tote Wanderer war eine unmissverständliche Warnung! *Zähle ab jetzt jeden neuen Abschnitt, den du liest, indem du einen Strich auf dein* ***Abenteuerblatt*** *machst. Kommen auf diese Weise 8 Striche zusammen, ohne dass du ein Gegengift findest, brichst du zusammen, wo du gerade bist, und hauchst unter unbeschreiblichen Qualen dein Leben aus. In diesem Fall musst du das Buch ohne eine weitere Aufforderung schließen – dein Abenteuer ist beendet! Findest du dagegen rechtzeitig ein Heilmittel, wird dir der Text mitteilen, dass du mit dem Zählen der Abschnitte aufhören kannst.* Von Krämpfen geschüttelt, rappelst du dich auf und wankst den Pfad entlang. Weiter bei **225**.

109

Angespannt huschst du zwischen den Holzhütten der Oger entlang. **Befrag das Schicksal:** Erhältst du ᚠ, ᛟ, ᚼ, ᛉ oder ᛚ, weiter bei **27**. Ist das Ergebnis eine andere Rune, weiter bei **206**.

110 Du quetschst eines der Blätter, bis die Oberfläche vor milchigem Saft trieft, dann fährst du mit der Zunge darüber. *Bäh!* Das Sekret der Pflanze schmeckt so süß, dass du glaubst, deine Zunge müsste dir augenblicklich am Gaumen festkleben! Du spuckst aus, um das zuckrige Zeug loszuwerden, doch ohne Erfolg. Es wird noch Stunden dauern, bis sich die Reste des widerlichen Geschmacks verflüchtigt haben. Du nimmst dir vor, in Zukunft bei der Wahl der Dinge, die du dir in den Mund steckst, etwas wählerischer zu sein. Unter wiederholtem Ausspucken folgst du dem Pfad nach **238**.

111 Ohne Umschweife bringt man dich zu einem Platz in der Mitte der Siedlung. Dort befindet sich die Hütte des »Großen Lobert«, ihres Dorfältesten. Im Innern empfängt dich ein greiser Äffling mit blassgrünem Pelz und bietet dir mit zittriger Stimme einen Platz auf einer geflochtenen Bastmatte an. Dann erkundigt er sich nach dem Grund deines Hierseins. Du berichtest, dass

du auf der Suche nach deinem Vetter Bolko bist, und beschreibst dem Alten das Aussehen deines Vetters. Darauf wiegt dieser bedächtig den Kopf. »Großer Lobert bedauern zu hören, dass dicker Junge nicht zurückkehren«, erklärt er. »Freundlicher Mensch, wenngleich etwas gefräßig.«
»Heißt das, Bolko ist hier gewesen? In eurem Dorf?«, vergewisserst du dich.
Der Große Lobert nickt. »Dicker Junge kommen vor zwei Tagen. Mein Volk ihn freundlich aufnehmen. Aber bleiben nur kurz.«
»Wieso das?«, hakst du nach.
»Dicker Junge viele Fragen haben. Gefährliche Fragen. Über alten Ogerfürst Lormonossor und seinen Goldschatz. Großer Lobert ahnen, dass es besser für dicken Jungen, wenn wir ihm nichts verraten.« Der Dorfälteste neigt sein Haupt und seufzt. »Aber junge, geschwätzige Äfflinge ihm alles erzählen, was er wissen wollen: von Ogern, die noch immer auf anderer Seite des Flusses hausen, von uraltem Tempel tief im Süden, wo Ogerfürst angeblich einst seine Reichtümer verstecken. Da dicker Junge ganz aufgeregt, immer wieder rufen: ›Ich doch gewusst haben! Bald ich reicher sein als je ein Bewohner von Roog!‹ Er sich erkundigen, wo Siedlung von Ogern zu finden. Dann aufbrechen.«
»Südlich des Flusses Golch leben heute noch Oger?« Du verspürst ein mulmiges Gefühl in der Magengegend. »Wie kann das sein? Ich dachte, nachdem Lormonos-

sor der Gierige durch einen Zauberspruch besiegt wurde, wäre sein Stamm in alle Himmelrichtungen versprengt worden?«

Der Große Lobert schüttelt den Kopf. »Kleiner Rest zurückbleiben. Forst viel zu groß und zu finster – wer ihn kennen, sich dort ewig verstecken können. Oger sich seitdem wieder vermehren, bauen Fallen zu schaden anderen Lebewesen. Auch neuen Anführer haben, gewaltigen, schrecklichen Häuptling mit Namen Orguz.«

»Aber wenn es sich so verhält, wie konntet ihr dann zulassen, dass mein Vetter sich auf die Suche nach dem Schatz begibt?«, willst du ungläubig wissen. »Naiv, wie Bolko ist, kommt das einem Todesurteil gleich!«

»Dicker Junge nicht lassen abbringen«, erwidert der Große Lobert traurig. »Wir warnen, viele Male. Er trotzdem gehen.«

»Dann muss ich ebenfalls auf die andere Seite des Flusses«, verkündest du. »Nicht auszudenken, wenn die Oger Bolko erwischt haben! Ich hoffe nur, es ist noch nicht zu spät für ihn. Wie komme ich dorthin?«

»Du Fluss überqueren«, erläutert der Älteste. »Brücke einfachster Weg. Hinter Dorf du immer links gehen. Nach Fluss dann immer rechts, so zu Ogersiedlung kommen. Alter Tempel angeblich noch weiter südlich liegen, genauen Ort niemand kennen. Leider.«

Du dankst dem Großen Lobert für seine Auskünfte (notiere, was dir davon wichtig erscheint, auf deinem **Aben-**

teuerblatt) und reichst ihm die Hand, um dich von ihm zu verabschieden. *Bist du im Verlauf deines bisherigen Abenteuers Opfer eines Schwächungszaubers geworden oder hast vergiftetes Wasser getrunken?* Wenn ja, weiter bei **72**, wenn nicht, bei **7**.

112 Für mehrere Stunden marschierst du in eine Richtung, die du für Osten hältst, wobei du den Pfad und das umliegende Buschwerk ständig auf Spuren überprüfst, die darauf hindeuten könnten, dass dein Vetter hier war. Vergeblich. Als am Rand des Pfads einige Büsche mit faustgroßen gelben Honigbeeren auftauchen, nutzt du die Gelegenheit für eine kurze Rast. Du lässt dich auf einem großen Stein nieder und füllst dir den Magen mit süßen Beeren. Dabei fällt dein Blick auf einen großen, abgestorbenen Baum auf der gegenüberliegenden Seite des Weges. In seinem verwitterten Stamm klafft ein schwarzes Astloch, groß wie ein Suppenteller. Nachdem du dich satt gegessen hast, stehst du auf und untersuchst es. Hinter dem Loch scheint ein größerer Hohlraum zu liegen. Wenn du die Augen zusammenkeifst, kannst du im Innern etwas glitzern sehen … Leider ist es zu finster, um mehr zu erkennen. Du kannst unmöglich sagen, ob es sich wirklich um einen glänzenden Gegenstand handelt oder nur um die Augen eines Tiers. Möchtest du einen Arm in die Öffnung stecken, um herauszufinden, was es ist (weiter bei **241**), oder lässt du den Baum links liegen und gehst weiter (**50**)?

113 Mühsam bahnst du dir mit deiner Machete einen Weg durchs Unterholz. In regelmäßigen Abständen ist über deinem Kopf das Zischen der Papageienechsen zu hören und hilft dir, ihnen auf der Spur zu bleiben. *Die Piepmätze sind so hübsch, Bolko wäre ihnen garantiert auch gefolgt*, denkst du bei dir. Unvermittelt öffnet sich das Unterholz, und du trittst auf eine baumlose Fläche hinaus, gerade groß genug für einen würfelförmigen Felsblock, der exakt in ihrer Mitte liegt. Auf ihm sitzt eines der sonderbarsten Lebewesen, das du je gesehen hast: Es besitzt den Körper einer mächtigen Landschildkröte, sein Kopf dagegen scheint der eines stark behaarten Menschen oder eher eines Affen zu sein. Dort, wo sich die Schädeldecke befinden sollte, klafft ein rundes Loch, in dem du eine silbrige Flüssigkeit glitzern siehst. Kalter Angstschweiß tritt dir auf die Stirn, als du dich an alte Überlieferungen erinnerst und dir klar wird, was für ein Wesen du vor dir hast: Dies muss ein Kappa

sein! »Sieh an, ein Gast«, spricht der Kappa unvermittelt, und ein breites Lächeln tritt auf sein haariges Gesicht. »So haben meine gefiederten Diener mir einmal mehr gute Dienste erwiesen.« Mit einem seiner froschartigen Vorderbeine deutet er in die Höhe, wo die blau schillernden Papageienechsen in den Ästen der umstehenden Bäume sitzen und aufgeregt vor sich hinzischeln. »Bezaubernde Geschöpfe, nicht wahr?«, fährt der Kappa bedrohlich leise fort. »Leider die letzten, die du in deinem Leben als Mensch sehen wirst!« Er fixiert dich mit stechend grünen Augen und beginnt, eine magische Formel zu murmeln. Du erinnerst dich, dass Kappas über enorme Zauberkräfte verfügen sollen. Dir bleiben nur Sekunden, um zu entscheiden, was du unternehmen willst. Wie sieht deine Reaktion aus?

– Du versuchst, den Kappa in eine Diskussion zu verwickeln? Weiter bei **193**.

– Du verbeugst dich tief, um dem Tier deinen Respekt zu erweisen? Weiter bei **130**.

– Du machst auf dem Absatz kehrt und versuchst, durchs Dickicht zu fliehen, bevor der Kappa seine Zauberformel beenden kann? Weiter bei **212**.

114 Die Sorge um deinen Vetter wird mit jeder Minute größer. Ist es angesichts all der Gefahren, denen du selbst bisher nur knapp entronnen bist, überhaupt denkbar, dass Bolko noch am Leben ist? Oder hat er längst ein schreckliches Ende im Magen irgendeines Raubtiers gefunden? In solche und ähnliche Überlegungen versunken, bemerkst du nicht, dass du genau auf einen flachen Haufen aus belaubten Ästen zuhältst, der vor dir auf dem Weg liegt … Verfügst du über das Talent VORAHNUNG? Wenn ja, weiter bei **37**. Besitzt du diese besondere Gabe nicht, **befrag das Schicksal**: Erhältst du ᛟ, ᛚ, ᛏ, ᛡ oder ᛗ, weiter bei **217**, bei jeder anderen Rune bei **37**.

115 Aus dem grünen Zwielicht vor dir taucht eine Ansammlung seltsamer Gebilde auf: Dutzende kniehoher Pilze wuchern überall auf dem Weg sowie auf den Stämmen der umstehenden Bäume. Das feuchtwarme Klima des Waldes hat dafür gesorgt, dass ihre runden Hüte beinahe die Größe von Wagenrädern erreichen konnten. Sie sind von knallroter Farbe, überzogen von einem weißen, vielfach verästelten Streifenmuster. *Rot – die Warnfarbe der Natur*, so hast du es einst in der Schule gelernt. Viele derart auffällig gefärbte Beeren und Pflanzen sind giftig oder zumindest schädlich für die Gesundheit, wenn man davon isst. Andererseits knurrt dein Magen schon seit Längerem hörbar, und bei genauerer Betrachtung wirken die Pilze eigentlich recht appetitlich. *Wenn*

Bolko hier wäre, hätte er die Dinger längst angeknabbert, denkst du bei dir. *Dann wüsste ich, ob sie genießbar sind.* Willst du von den unbekannten Pilzen kosten, um deinen Hunger zu stillen, weiter bei **165**. Traust du der Sache nicht, kannst du auch über die Kolonie hinwegsteigen und dem Pfad nach **6** folgen. (Wenn du möchtest, kannst du vorher noch ein handliches Exemplar pflücken und es für später in deinem Rucksack verstauen. Vermerke den Pilz in diesem Fall auf deinem **Abenteuerblatt**.)

116

Die Tür der Hütte besitzt kein Schloss. Dafür steckt ungefähr in Kopfhöhe ein Speer in den dicken Holzbohlen. Obwohl die steinerne Spitze keinen übermäßig scharfen Eindruck macht, hat sie sich mehrere Fingerbreit in das Holz eingegraben, als hätte jemand die Waffe einst mit großer Wucht dagegengeschleudert. Möchtest du versuchen, die Waffe aus dem Holz zu ziehen (weiter bei **169**), oder versuchst du lieber, die Tür zu öffnen (**14**)?

117 Dank deiner besonderen Gabe gelingt es dir, deine Todesangst zu unterdrücken und mit ihr jegliches Zittern. Obwohl du kaum zu atmen wagst, zucken nicht einmal deine geschlossenen Augenlider. Niemand könnte ahnen, dass du weder bewusstlos noch gefesselt bist. Da schubst dich plötzlich eine riesige Pranke an, sodass du mehrmals von einer Seite zur anderen pendelst. »Kann mich gar nicht erinnern, wo wir *diese* Made aufgelesen haben«, knurrt der Oger. »Wie auch immer, sieht akzeptabel aus. Sagt dem Koch, er soll heute Abend einen schönen Eintopf daraus machen!« Unter beifälligen Rufen zerstreuen sich die Oger, die Eingangstür schlägt ein letztes Mal, dann tritt wieder Ruhe ein. Vorsichtig öffnest du ein Auge … Du bist allein! Erleichtert streckst du die Beine aus, bis du wieder Bodenkontakt hast, und löst deinen Kragen vom Haken. Einige Schritte weiter baumelt nach wie vor der gefesselte Kobold an der Wand. Willst du es riskieren, die Kurbel in die andere Richtung zu drehen (weiter bei **184**), oder verlässt du die Dorfküche lieber auf schnellstem Wege (**138**)?

118 Nachdem du dem schmalen Pfad eine Weile gefolgt bist, lichtet sich das Unterholz linker Hand, und zwischen Büschen und Geäst kommt ein spärlich bewachsener, haushoher Erdhügel in Sicht. In der Vorderseite klafft ein großes, finsteres Loch, vor dem haufenweise helle Steine und Geröll liegen. Zahllose tiefe Fußspuren führen von der Höhle zum Pfad und wieder zurück. Sie scheinen von Pfoten oder Tatzen zu stammen, und obwohl du dich mit Tierfährten eigentlich ganz gut auskennst, kannst du nicht sagen, ob die Abdrücke von einem zwei- oder einem vierbeinigen Tier stammen. Möchtest du dir die Behausung genauer ansehen (weiter bei **88**) oder gehst du lieber rasch daran vorbei (**6**)?

119 Geduckt huschst du durch das Tor und zu dem länglichen Gebäude mit den vergitterten Fenstern hinüber. Das Glück ist dir hold: Keine weiteren riesenhaften Gestalten tauchen aus einer der zahlreichen Gassen auf, dein Eindringen in das Dorf der Oger bleibt unbemerkt. Du steigst mehrere hohe Stufen zur Tür empor und greifst nach der Klinke. Glücklicherweise ist nicht abgeschlossen. Hinter der Eingangspforte liegt ein kurzer Flur mit einer Tür auf der rechten Seite, möglicherweise eine Wachstube. Sie ist nur angelehnt, aus dem Raum dahinter dringt ohrenbetäubendes Schnarchen. Auf Zehenspitzen schleichst du vorbei und folgst dem Flur um eine Biegung. Dort befindet sich, ganz wie du erwartet hast, ein Zellentrakt: Insgesamt acht schwere Türen führen auf beiden Seiten des Ganges in kleine, quadratische Räume mit nichts als einem kargen Strohlager darin. Sieben stehen offen, lediglich die letzte auf der linken Seite ist verschlossen. Unglücklicherweise haben die Zellentüren keine Sichtfenster. Du musst also auf andere Weise herausfinden, ob dein Vetter hier eingekerkert ist oder jemand anders. Leise klopfst du mit dem Fingerknöchel gegen das Holz. »Bolko? Bolko, bist du das da drin?«

Einen Augenblick geschieht nichts. Dann ertönt aus dem Innern der Kammer ein raschelndes Geräusch, als erhebe sich jemand von einem Strohlager, und eine Stimme krächzt: »Hä? Was? Ja, klar bin ich das. Hol mich hier raus, schnell!« Die Worte dringen nur gedämpft durch das dicke Holz, es lässt sich unmöglich sagen, ob es tatsächlich Bolkos Stimme ist. Willst du die Tür öffnen, weiter bei **230**. Misstraust du der Stimme und verlässt das Gefängnis lieber auf dem gleichen Weg, wie du gekommen bist, weiter bei **138**. Verfügst du über das Talent VORAHNUNG, weiter bei **58**.

120 Bei dem aufgerollten Pergament handelt es sich um eine Seite aus einem alten Lehrbuch, offenbar ein Verzeichnis der Lebewesen, die in Wäldern wie dem Forst von Yorrok vorkommen. Interessiert liest du den Eintrag, den einer der Gnome aus irgendeinem Grund für wichtig genug erachtet hat, ihn herauszureißen:

Walddrache, der:

Der gemeine Walddrache, von Eingeborenen auch »Zottige Schreckbestie« oder »Pelzbiest« genannt, gehört zur Gattung der fleischfressenden Großechsen. Er zeichnet sich durch ein grün-schwarz gestreiftes Fell aus, das aus feinen Spalten seines Schuppenkleides wächst, und erreicht ungefähr die Größe eines meshitischen Panthers. Auch wenn er damit zu den kleineren Vertretern der Drachenfamilie zählt, stellt er im Kampf einen schrecklichen Gegner dar: Seine Reißzähne sind nadelspitz, seine Kletterkauen, die er mit der Gewandtheit eines Fechtmeisters einzusetzen versteht, scharf wie Dolche.

Das Walddrachenweibchen tötet nach der Paarung das kleinere Männchen und errichtet zu ebener Erde ein Nest aus Laub, in welches es zwei, maximal drei grün-schwarz getüpfelte Eier legt. Diese müssen, anders als bei den meisten anderen eierlegenden Gattungen, nicht ausgebrütet werden. Sie entwickeln sich selbstständig, ohne zusätzliche Wärmezufuhr, bis nach 18 Wochen die vollständig ausgebildeten Jungdrachen schlüpfen. Das Muttertier bringt diese Zeit gut getarnt in der unmittelbaren Umgebung des Geleges zu und ernährt sich von den Tieren, die versuchen, sich an den scheinbar unbewachten Eiern zu vergreifen.

Nachdem du den Text gelesen hast, rollst du das Pergament zusammen und steckst es wieder in deinen Rucksack. *Kehre zurück zu dem Abschnitt, von dem du kommst, und setze deine Reise fort.*

121 Kaum bist du in der Gasse verschwunden, erhebt sich hinter dir lautes Geheul. Zuerst kannst du die knurrenden Worte nicht verstehen, doch dir ist klar, dass dich jemand auf dem Platz gesehen haben muss. Schon hallt die Gasse von trampelnden Schritten wider, dann tauchen vor und hinter dir Dutzende monströser Umrisse auf. Mächtige Klauen schließen sich wie Schraubzwingen um deine Schultern, dann grollt eine unfreundliche Stimme dicht neben deinem Ohr: »Bei Grunak! Was haben wir denn hier? Einen ungeladenen Gast. Ins Gefängnis mit dem Wurm!« Weiter bei **149**.

122 Unter dem Blätterdach der riesigen, uralten Bäume herrscht ewiges Zwielicht. Immer wieder hast du den Eindruck, dass in den Schatten hoch über deinem Kopf kleine Tiere durchs Geäst huschen. Doch sobald du deinen Blick in die Höhe richtest, ist nichts mehr auszumachen. Interessiert musterst du das zertrampelte Buschwerk unter deinen Füßen, die geknickten Äste zu beiden Seiten, und du fragst dich, welche Tiere diesen Pfad wohl normalerweise benutzen. Nach einer Weile fällt dir ein Busch mit auffällig gelben Knospen auf, der am Rand des Weges wächst. Er reicht dir knapp bis zur Schulter und hat saftig-grüne Blätter von der Größe und Dicke einer Hand. Willst du dir diese Pflanze genauer ansehen, weiter bei **94**. Möchtest du keine Zeit verlieren und lieber dem Pfad folgen, weiter bei **238**.

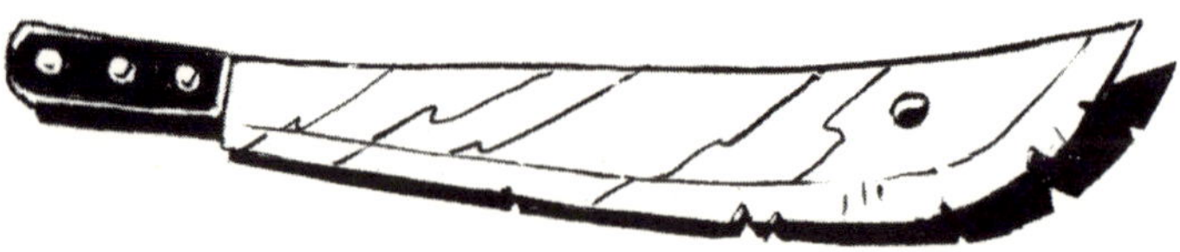

123 Mit schreckgeweiteten Augen beobachtest du, wie sich die Bewegung der Kurbel über die Seile fortsetzt, weiter und weiter … und den Klöppel in Bewegung setzt! Mit einem ohrenbetäubenden Donnern trifft er auf den Gong, und noch bevor der metallische Ton ganz verhallt ist, vernimmst du von draußen bereits aufgeregte Schreie und trampelnde Fußtritte. Eine Horde

Oger stürmt auf die Dorfküche zu! Hastig siehst du dich nach einem Versteck um. Du könntest dich in einem der mannshohen Kochkessel verbergen (weiter bei **159**), oder versuchen, dich bewegungslos zwischen riesigen Fleischstücken, Schinkenkeulen und den gefesselten Kobold an einen der Wandhaken zu hängen und so zu tun, als wärst auch du ein Beutestück der Ogerköche (**83**)? Erscheint dir beides zu riskant, musst du dein Heil in der Flucht suchen (**196**).

124 Unvermittelt biegen sich die Äste der Büsche in deine Richtung und schließen sich wie Schraubstöcke um deine Arme und Beine! Binnen Sekunden hängst du strampelnd kopfüber in der Luft. Ein dicker Ast fährt krachend auf deinen Hinterkopf herab, und alles um dich herum wird schwarz. Als du wieder zu dir kommst, hast du zunächst Probleme, dich zurechtzufinden. Du befindest dich hoch über dem Boden, offenbar in der Krone irgendeines Baums. Um dich herum sitzen Dutzende der schimmernden Papageienechsen. Mit einer bösen Ahnung blickst du an dir herunter … Dein Körper, geschrumpft auf die Größe eines Vogels, ist über und über mit metallisch blauen Federn bedeckt, deine Hände sind zu spitzen Krallen geworden, mit denen du dich an einem Ast festkrallst! Du willst einen verzweifelten Hilfeschrei ausstoßen, doch deine gespaltene Echsenzunge gestattet dir nur noch ein tonloses Zischen. Tief unter dir hörst du das boshafte Lachen des Kappa, unter dessen magischem Bann du nun den Rest deines Lebens zubringen wirst. Dein Abenteuer ist beendet.

125 Bewegungslos hockst du zwischen den Blättern des Strauchs und hoffst inständig, dass Zamek und Lurm dich bei ihrer Suche nach dem rätselhaften Angreifer nicht entdecken – da brechen sie plötzlich dicht neben dir mit aus dem Büschen, mit gezückten Klingen! Noch bevor du deine Machete ziehen oder sonstige Verteidigungsmaßnahmen ergreifen kannst, hat Lurm dich bereits gepackt und dir die Arme auf den Rücken gedreht. Im selben Augenblick spürst du die kalte Klinge von Zameks Dolch an deiner Kehle. »Uns mit Steinen beschmeißen, wie?«, zischt Lurm dicht neben deinem Ohr. »Das hast du nicht umsonst gemacht, Freundchen!« Wütend zerren sie dich zurück zu ihrem Lagerplatz, wo Gromek gerade aus seiner Bewusstlosigkeit erwacht. Unter schmerzhaften Hieben und Knüffen fesseln dich die Gnome an den nächsten Baum, dann durchwühlen sie deine Habseligkeiten. Begeistert nehmen sie alles an sich, was sich in deinem Rucksack befindet. (Streiche *sämtliche* bisher gefundenen Gegenstände von deinem **Abenteuerblatt**. Lediglich auf die Machete an deinem Gürtel verzichten die Gnome.) Anschließend lassen sie sich um ihr Lagerfeuer nieder und verspeisen genüsslich das Kaninchen, wobei sie dich mit abgenagten Knochen und allerlei Schimpfworten bombardieren. Als sie sich sattgegessen haben, verlieren sie das Interesse an dir. Lurm bindet dich los, verpasst dir zum Abschied einen deftigen Tritt in den Hintern, und unter höhnischem Gelächter jagen die drei dich davon. Wütend und gedemütigt suchst du dir einen Weg zurück zum Pfad, wobei du dir wünschst, du hättest ihn nie verlassen. Weiter bei **98**.

126 Schritt für Schritt kommen die Oger näher. Panisch schwingst du deine Fackel, teilst Schläge nach allen Richtungen aus. Doch die Übermacht ist zu groß! Im Handumdrehen haben die Kolosse dich und Bolko gefesselt, euch wie Säcke über ihre Schultern geworfen und traben im Laufschritt zurück zu ihrer Siedlung. Ihr werdet in die riesige Dorfküche gebracht, wo ihr gut verschnürt mitansehen müsst, wie mehrere der Menschenfresser einen riesigen Wasserkessel über eine Feuerstelle zerren und ihn tüchtig anheizen. Kichernd teilt dir einer von ihnen mit, dass du darin zu Eintopf verkocht werden sollst. Andere schnitzen voller Vorfreude einen hölzernen Pfahl zurecht, an dem der Festtagsbraten für den Ogerhäuptling über dem Feuer gegrillt werden soll – Bolko! Verzweiflung befällt dich, als dir klar wird, dass es dir zwar gelungen ist, deinen Vetter zu finden, nicht aber, ihn zu retten! Mit tränenfeuchten Augen starrst du aus dem Fenster nach draußen, wo die Sonne wie ein orangefarbener Ball über den grünen Wipfeln von Yorrok aufgeht. Es ist der letzte Sonnenaufgang, den du in diesem Leben sehen wirst. Dein Abenteuer endet tragisch.

127 *Augen zu und durch*, denkst du und nimmst die Beine in die Hand. So schnell du kannst, rennst du mitten durch den Hornissenschwarm hindurch. Dutzende schwirrender Körper prasseln auf dein Gesicht, deine Brust und deine Arme, du spürst einen heißen, stechenden Schmerz, als die ersten Insekten dir ihre giftigen Stachel durch Kleidung und Haut treiben. Doch bevor dir die Hornissen eine wirklich gefährliche Dosis ihres Giftes verpassen können, bleibt die summende Wolke bereits hinter dir zurück. Keuchend folgst du dem Pfad um eine Linkskurve und willst dein Tempo gerade drosseln, als du aus dem Augenwinkel eine Bewegung zwischen den Büschen und Bäumen seitlich des Weges wahrnimmst: Ein massiger Schemen bewegt sich dort träge durchs Dickicht. Noch ganz aufgedreht von der Begegnung mit den Hornissen, reißt du in einer Reflexbewegung deine Machete vom Gürtel. *Angriff ist die beste Verteidigung,* denkst du, während du Äste und Blätter beiseiteschlägst, um dich dem geheimnisvollen Geschöpf im Unterholz zu stellen. Weiter bei **62**.

128 Wenige Sekunden darauf ist der Oger heran. An der Fallgrube angelangt, entblößt er grinsend seine spitzen Zähne. Er bückt sich und hebt, genau wie du eben, die Laubdecke an, um einen Blick in die Fallgrube zu werfen. Dabei rutscht ihm, ohne dass er es bemerkt, etwas vom Handgelenk und verschwindet mit metallischem Funkeln in der Tiefe. Grunzend bedeckt der Riese die Falle wieder mit Laub und marschiert in die Richtung davon, aus der du gekommen bist. Kaum ist er außer Sicht, schleichst du zur Grube und spähst ein zweites Mal prüfend unter die Blättertarnung. Am Grund des Lochs liegt eine runde Metallspange, die der Oger offenbar als Armreif getragen hat. Mit einem Ast gelingt es dir, das Schmuckstück nach oben zu befördern. Es besteht aus Messing, in die Innenseite ist mit linkischen Buchstaben das Wort »Brugaz« eingeritzt. Wenn du den Armreif mitnehmen willst, kannst du ihn etwas enger biegen und um dein Handgelenk legen. (Vermerke ihn in diesem Fall auf deinem **Abenteuerblatt**.) Anschließend folgst du dem Pfad nach **106**.

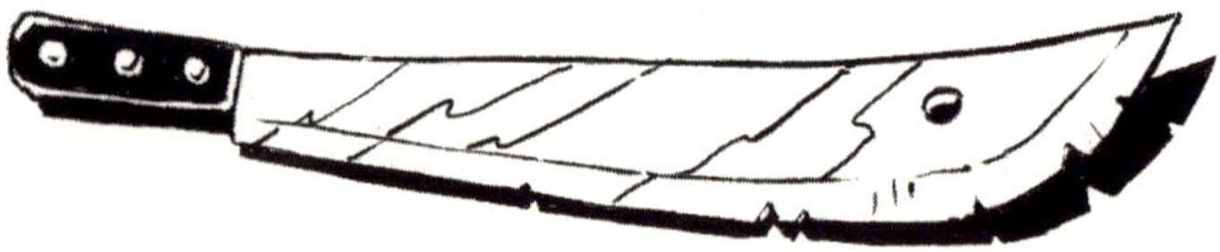

129

»Besondere Gefahren lauern auf dem Weg zum Tempel nicht«, erklärt dir Zebulorian. »Jedenfalls keine, die es nicht auch in anderen Teilen des Waldes gäbe. So könnte dir dort jederzeit ein Pyrofant über den Weg laufen. Diese feuerspeienden Dickhäuter sind ständig schlecht gelaunt und zählen zu den gefährlichsten Bewohnern des Waldes. Auch der Stachelwolf ist in diesen Gefilden häufig anzutreffen.« Er hält inne, als ihm einer der Kakadus auf seiner Schulter etwas ins Ohr krächzt. »Oh ja, richtig«, sagt er dann. »Im südlichen Teil des Waldes gibt es auffallend viele Chlorophylli!«

»Chloro-*was?*«, wiederholst du verwirrt.

»Chlorophyllus ist der Name einer Rasse riesiger lebender Bäume«, erwidert der Alte. »Sie kommen auch nördlich des Golch vor, aber in der Region rund um den Tempel gedeihen sie offenbar besonders gut. Falls du einem oder mehreren begegnest, kann dir nur Feuer helfen. Der Chlorophyllus hasst Flammen.« Du notierst dir diesen Hinweis auf deinem **Abenteuerblatt**, dann erkundigst du dich bei Zebulorian, wie du den besagten Tempel finden kannst. Weiter bei **66**.

130

Ehrfürchtig sinkst du vor dem Felsblock auf die Knie und neigst tief den Kopf. Du hast gehört, Kappas seien – abgesehen von ihrer Boshaftigkeit – extrem höfliche Geschöpfe, die es schätzen, wenn man ihnen Respekt zollt. Nach ein paar Sekunden hebst du vorsichtig den Kopf, um zu sehen, wie dein Gegenüber reagiert. Der Kappa, geschmeichelt von deinem ehrfürchtigen Verhalten, neigt ebenfalls den Kopf, um deinen Gruß zu erwidern. Dabei schwappt die silbrige Flüssigkeit in seinem Schädel über den Rand und ergießt sich über den Felsen, auf dem er hockt. Du hältst den Atem an: Wenn es stimmt, was du über diese Wesen weißt, verdankt der Kappa seine magischen Kräfte einzig und allein dieser Substanz! Ohne sie ist er nicht mehr als eine große, hässliche Schildkröte – so lange, bis sich in seinem Kopf neues Zaubersekret gebildet hat. Du beschließt, die Probe aufs Exempel zu machen: Blitzartig drehst du dich um und stürmst durchs Dickicht davon. Hinter dir ertönt wütendes Fluchen, untermalt vom erregten Zischen der Papageienechsen … doch sonst geschieht nichts. Kein magischer Blitzstrahl streckt dich nieder, keine lodernden Feuerbälle regnen auf dich herab. Erleichtert läufst du weiter, bis du wieder auf den Pfad stößt, dem du nach **137** folgst.

131 Noch bevor die herbeieilenden Oger in Sichtweite der Dorfküche sind, huschst du nach draußen und tauchst in den zahllosen Gässchen der Siedlung unter. Wahllos biegst du um Ecken, nimmst Abzweigungen und schlägst Haken, wobei du dich immer wieder über die Schulter umsiehst. Erst als du sicher bist, dass dir keine Verfolger auf den Fersen sind, verlangsamst du dein Tempo. Weiter bei **138**.

132 Deine Untersuchung bringt ans Licht, dass es sich bei der grünen Barriere tatsächlich um etwas künstliches Geschaffenes handelt, ein Geflecht aus Blättern und Farnwedeln, das geschickt über ein Gestell aus Ästen gespannt wurde. Ohne große Mühe lässt es sich an einem Stück zur Seite heben. Dahinter liegt ein enger, tunnelartig zugewachsener Pfad, der weiter in die bisherige Richtung, also nach Süden führt. Wer auch immer diese Tarnung konstruiert hat, er wollte offenbar nicht, dass jemand diesen Weg beschreitet. Deine Neugier ist geweckt! Kurzerhand betrittst du den getarnten Durchgang, bringst den Sichtschutz hinter dir wieder in Position und folgst dem geheimen Pfad. Weiter bei **96**.

133 Die alte Frau nimmt dir den Schlüssel aus der Hand und lässt ihn, ohne ihn richtig in Augenschein zu nehmen, in den Tiefen ihrer Kleidung verschwinden (streiche den Kupferschlüssel von deinem **Abenteuerblatt**). Du wartest höflich … aber nichts weiter geschieht. Auch, als du deine Bitte um Informationen über deinen vermissten Vetter wiederholst, bleibt die Frau stumm. Offenbar hat dein Geschenk nicht ausgereicht, sie die Abneigung ihrer Schoßtierchen gegen dich vergessen zu lassen. Falls du ihr noch etwas überlassen willst, könntest du ihr ein Goldstück (weiter bei **73**) oder eine Handvoll bunter Federn (**244**) anbieten. Willst du dich nicht weiter mit dieser unverschämten Alten abgeben – oder besitzt du nichts mehr von dem Genannten –, stapfst du wütend über den Pfad davon, entweder nach links (**43**) oder nach rechts (**161**).

134

Kaum hast du die letzte magische Silbe ausgesprochen, hält Orguz abrupt inne. Das Hackmesser hoch in die Luft gereckt, das Gesicht eine Grimasse ungläubiger Wut, so steht der Ogerhäuptling keine drei Schritte vor dir, starr wie eine Statue. Er kann sich keinen Millimeter mehr rühren! Allein seine kleinen Äuglein rollen noch böse funkelnd in ihren Höhlen hin und her und deuten darauf hin, dass die magische Starre wohl nur von vorübergehender Dauer ist. Für deine Zwecke reicht es allerdings völlig: Orguz' Wachen sind derart verwirrt, dass du problemlos einem von ihnen deine

Machete entreißen kannst, die er vorhin im Gefängnis zu sich gesteckt hatte (trage sie wieder auf deinem **Abenteuerblatt** ein). Mit ängstlich aufgerissenen Augen weichen die Oger vor dir zurück. Offenbar fürchten sie, dass du auch sie verhexen könntest. Ungehindert flitzt du zwischen ihnen hindurch aus dem Gebäude. Sekunden später erhebt sich hinter dir ein wütendes Geheul, als der Ogerhäuptling aus seiner Lähmung erwacht. Brüllend nehmen seine Untergebenen die Verfolgung auf. Doch da bist du längst im Gassengewirr rings um den Palast untergetaucht. Weiter bei **27**.

135 Du bleibst stehen und lauschst einige Sekunden angestrengt in dich hinein … mit Erfolg! Deine besondere Gabe verrät dir, dass die Wahrscheinlichkeit, deinen Vetter aufzuspüren, erheblich höher ist, wenn du dich nach links wendest. Möglicherweise hat er auf seinem Weg ein paar Tage zuvor ebenfalls diese Richtung eingeschlagen, oder er hält sich gegenwärtig in einem Bereich des Waldes auf, der links von hier liegt? Du hoffst, dass du es bald herausfinden wirst, und folgst dem breiten Pfad nach **33**.

136 Behutsam näherst du dich einer der Säulen und ziehst eine Fackel aus ihrer Halterung. Dann steigst du die Stufen zum Eingang empor, um dir das Tor des Tempels genauer anzusehen. Kaum trittst du unter das steinerne Vordach, als plötzlich Bewegung in die Bäume neben dem Gebäude kommt. Ein geisterhaftes, hohes Pfeifen ertönt. Im selben Moment beginnen die schlangenartigen Äste der Bäume, gierig durch die Luft zu peitschen, und versuchen, nach dir zu greifen! Instinktiv schwingst du deine Fackel, um dich zu verteidigen. Krachend trifft das brennende Holz auf einen der Baumarme, Funken stieben – und der Angreifer zieht sich zurück. Du wirbelst herum und schlägst mit der Flamme nach einem weiteren Ast, der dich von hinten zu packen versucht. Treffer! Wo du das flexible Holz berührst, bilden sich blitzschnell schwarze Brandflecke. Du landest zwei weitere Hiebe, dann lassen die Äste wie auf ein unhörbares Kommando von dir ab und ziehen sich zurück. Erleichtert wendest du dich dem Portal zu. In der Mitte ist ein faustgroßer, ebenfalls aus Stein gehauener Knauf angebracht. Du versuchst, ihn zu drücken, doch er rührt sich nicht. Auch zum Herausziehen ist er allem Anschein nach nicht geschaffen, daher bleibt dir nur, ihn zu drehen. Du vermutest, dass eine der beiden möglichen Richtungen einen Mechanismus zum Öffnen der Tür auslösen wird. Drehst du den Knauf nach links (weiter bei **220**) oder nach rechts (**42**)?

137 Während du einsam vor dich hinstapfst, kannst du nicht anders, als dir Gedanken über deinen Vetter zu machen. Wo mag Bolko jetzt gerade stecken? Geht es ihm gut? Ist er überhaupt noch am Leben? Du stellst fest, dass du ihn tatsächlich ein wenig vermisst, so nervtötend und überheblich er zuweilen sein mag. Da taucht zu deiner Rechten plötzlich eine Abzweigung auf. Der neue Weg wird von extrem hohen Bäumen gesäumt, deren Kronen sich einander entgegenwölben wie das Dach einer riesigen Kathedrale. Während du den ungewöhnlichen Anblick bestaunst, fällt dir ein eckiger Umriss auf, der etwa auf halber Höhe zwischen Krone und Boden an einem der Stämme klebt. Ein Baumhaus? Wenn dem so wäre, hätte Bolko diesen Ort auf seiner Suche nach den Ogerschatz gewiss nicht ausgelassen … Möchtest du den neuen Pfad einschlagen und dir die Sache genauer anschauen (weiter bei **168**), oder folgst du lieber dem bisherigen Weg in südliche Richtung (**57**)?

138 Mit klopfendem Herzen schleichst du durch die Gassen der Ogersiedlung, immer in Angst, von einem ihrer blutrünstigen Bewohner entdeckt zu werden. Zum Glück scheint ein Großteil der Menschenfresser gegenwärtig Mittagsruhe zu halten. Nur wenige Oger halten sich außerhalb ihrer Behausungen auf. Glücklicherweise sind sie dann meist zu mehreren unterwegs und unterhalten sich lautstark, sodass du sie schon von Weitem hören und rechtzeitig in Deckung gehen kannst. Unbemerkt dringst du ins Zentrum des Dorfes vor, wo du auf ein mehrstöckiges Gebäude mit diversen hölzernen Balkonen und Türmchen stößt, das die umliegenden Hütten deutlich überragt. Offenbar handelt es sich um eine Art Palast, möglicherweise das Domizil des Häuptlings. Das Eingangstor wird von zwei riesenhaften Ogern mit schweren Keulen bewacht, daher schleichst du dich zu einer Gasse, die auf der Rückseite des Gebäudes ent langführt. Nach ein paar Schritten entdeckst du ein offenes Fenster, nicht hoch über dem Boden. Du könntest versuchen, einen Blick ins Innere des Gebäudes zu werfen (weiter bei **80**). Erscheint dir das zu gefährlich und du möchtest lieber unverrichteter Dinge am Palast vorbeischleichen, weiter bei **109**.

139 Du hast die Lichtung etwa zur Hälfte überquert, befindest dich gerade am Fuß des riesenhaften, frei stehenden Baums, da passiert es: Urplötzlich beginnen sich die herabhängenden Äste zu bewegen. Wie die Arme eines Kraken greifen sie nach dir, versuchen, dich zu packen und zur Baumkrone emporzureißen, wo inmitten des Blattwerks mit einem Mal ein dunkles, schmatzendes Loch aufklafft. Dir bleibt vor Schreck fast das Herz stehen, dann aber nimmst du die Beine in die Hand und rennst, so schnell du kannst, auf den südlichen Rand der Lichtung zu. Unbehelligt erreichst du die Einmündung des Pfads und lässt diesen gefährlichen Ort erleichtert hinter dir. Weiter bei **195**.

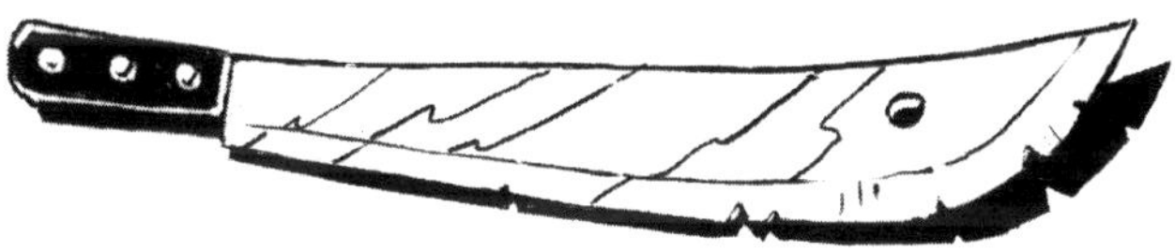

140 Eins der Baumschweine auf deinem Rücken stößt ein begeistertes Quieken aus. Mit einem Ruck zieht es den Pilz aus deinem Rucksack (streiche ihn von deinem **Abenteuerblatt**) und flitzt damit am nächsten Baum empor. Einen Augenblick später ist ihm der Rest des Rudels gefolgt. Grunzend und schnatternd balgen sich die Tiere hoch droben um Stücke des Gewächses, unter Baumschweinen offenbar eine gesuchte Delikatesse. Du nutzt die Gelegenheit, schnürst deinen Rucksack wieder zu und machst, dass du fortkommst. Weiter bei **100**.

141 Du öffnest den Mund und stößt einige tiefe Laute in der Sprache der Riesenfaultiere aus. Rasch beginnt deine Kehle von der ungewohnten Anstrengung zu schmerzen, doch dein Vorgehen hat Erfolg: Der plumpe Koloss wendet langsam den Kopf in deine Richtung, dann scheint er zu nicken und setzt erst eins, dann auch das zweite seiner baumdicken Beine ein Stück zur Seite. Vorsichtig, jede schnelle Bewegung vermeidend, näherst du dich der Stelle, wo das Faultier eben noch gehockt hat. Im niedergedrückten Gras findest du einen kupfernen Schlüssel, beinahe so lang wie deine Hand. Er hat einen runden Griff, und sein Bart weist vier identisch geformte, rechteckige Zacken auf. Du steckst ihn ein (vermerke den Kupferschlüssel und sein exaktes Aussehen auf deinem **Abenteuerblatt**) und ziehst dich langsam von dem mächtigen Tier zurück, wobei du dich in seiner Sprache für seine Hilfe bedankst. Zufrieden erreichst du wieder den Pfad. Weiter bei **221**.

142 Je näher du den seltsamen Bäumen kommst, desto stärker wird die Ahnung von Magie um dich herum. Die Luft scheint vor Spannung regelrecht zu knistern, als du dich den Stämmen näherst. Plötzlich erkennst du, was es mit der Bewegung auf sich hat, die du von Weitem wahrgenommen hast: In der welligen Rinde eines Baums, unmittelbar vor dir, ist eine Botschaft zu erkennen, eine Reihe von Buchstaben, die aussehen, als hätte sie jemand mit einer breiten Klinge dort eingeritzt. Doch noch während du hinsiehst, beginnen sie plötzlich zu verschwinden! Buchstabe um Buchstabe löst sich in einen glitzernden Wirbel auf, zurück bleibt nur unverletzte, hellbraune Rinde. Rasch trittst du näher und versuchst, die verbliebenen Worte zu entziffern, bevor auch sie verschwunden sind:

... sich ein Oger vor dir auf,

Was soll das bedeuten? Da nimmst du aus dem Augenwinkel einen ähnlichen Wirbel glitzernder Partikel wahr, nur zwei Bäume neben dir. Eine weitere Textzeile entsteht dort, nur um sogleich wieder zu verschwinden. Du eilst hin, und diesmal kommst du rechtzeitig, um sie zur Gänze zu lesen:

Schau mutig du zu ihm hinauf.

Verwundert kratzt du dich am Kopf, als es drei Bäume weiter erneut zu glitzern beginnt. Schon bist du dort und liest:

Sag: »Duddel-doddel-daddel-du«,

Du drehst dich um und hältst Ausschau nach einer vierten Zeile. Prompt erscheinen auf einem Baum zu deiner Rechten folgende Buchstaben:

Erstarren wird er drauf im Nu.

Auch diese Worte haben sich Augenblicke später bereits wieder vollständig verflüchtigt. Du blickst dich suchend um, doch es kommt keine Zeile mehr nach. Leise sagst du den seltsamen Reim vor dich hin, um ihn nicht zu vergessen. (Notiere dir den Wortlaut sicherheitshalber auf deinem **Abenteuerblatt**.) Du fragst dich, wer die magische Botschaft einst auf den Oberflächen der Baumstämme verewigt haben mag. Ob es der Magier war, der vor 800 Jahren gemeinsam mit Prinz Gwitto den Ogerfürsten stürzte? Warum sind die Worte wohl ausgerechnet jetzt wieder sichtbar geworden? Grübelnd kehrst du zum Pfad zurück und folgst ihm nach **233**.

143

Du wendest dich ab und willst dich gerade wieder auf den Weg machen, da ertönt hinter deinem Rücken ein quiekender Grunzlaut. »Warte kurz«, hörst du Zebulorians Stimme. Als du dich verwundert umdrehst, siehst du, dass das Baumschwein auf den Hinterbeinen herangehoppelt kommt. In den Vorderpfoten hält es all die Gegenstände, die dir sein Rudel vor Kurzem aus dem Rucksack stibitzt hat! Vor deinen Fußspitzen hält es an und schaut betreten zu Boden. »Baddel möchte dir etwas geben, das sie und ihre Brüder neulich ganz in der Nähe ›gefunden‹ haben«, übersetzt Zebulorian grinsend. »Sie glaubt, die Sachen könnten möglicherweise dir gehören?« Schmunzelnd nimmst du deine Besitztümer entgegen. (Trage alle Gegenstände, die du beim Übergriff der diebischen Rüsseltiere verloren hast, wieder auf deinem **Abenteuerblatt** ein.) Du dankst Zebulorian erneut, dann machst du dich auf den Weg. Weiter bei **246**.

144

Als du glaubst, den mörderischen Druck keine Sekunde länger ertragen zu können, siehst du plötzlich eine merkwürdige Gestalt aus dem Unterholz auf dich zuhüpfen: Sie ist etwa so groß wie ein fünfjähriger Junge, von affenartiger Gestalt und vollständig mit grünem Pelz bedeckt. Wild wedelt das Wesen mit vier muskulösen Armen, während es dir mit seinem einzigen, großen Auge ermutigend zuzwinkert. Kaum ist es heran, hebt es eine Hand und pustet der Riesenschlange ein gelbes Pulver in Nase und Augen. Fast sofort spürst du, wie der Druck um deine Rippen nachlässt. Wenig später kannst du aus den erschlafften Windungen des Schlangenleibs hervorkriechen, wobei dir das grüne Affenwesen hilft. Keuchend pumpst du deine Lunge voll Luft und untersuchst deinen schmerzenden Körper. Glücklicherweise scheint die Bestie dir keine Knochen gebrochen zu haben. Du wendest dich zu deinem Retter um und überlegst, wie du ihm danken könntest. Als hätte er deine Gedanken gelesen, macht er eine abwinkende Bewegung mit zwei seiner vier Arme. »Kein Grund zu danken, Fremder«, dringt es aus seinem affenartigen Mund. »Gobert gerne helfen. Schlange jetzt laaange schlafen.« Er grinst breit, dann dreht er sich um und bedeutet dir, ihm in Richtung des Lichtscheins zu folgen, auf den du zuvor bereits zugelaufen bist. »Du kommen! Gobert dich bringen zu Dorf von Äfflinge.« Du siehst keinen Grund, dem freundlichen Waldbewohner seinen Wunsch abzuschlagen, und gehst mit ihm. Weiter bei **50**.

145 »Weg nach rechts nix gut«, erklärt Mobert ernst. »Dort oft Gruppen von Ogern unterwegs. Jagd machen auf alles, was lebt. Und es fressen! Wir besser nehmen Weg nach links.« Du befolgst den Rat des Äfflings und wendest dich hinter der steinernen Hütte nach links. Weiter bei **246**.

146 Die Tiere des Waldes haben sich an den Überbleibseln der Mahlzeit am Boden bereits gütlich getan, es ist kaum mehr etwas davon übrig. Auch die Asche der Feuerstelle, seit Langem erkaltet und vom Wind in weitem Umkreis verstreut, lässt darauf schließen, dass dieser Rastplatz schon mehrere Tage alt ist. Unter dem provisorischen Dach aus Ästen findest du schließlich einen Beweis, dass du es tatsächlich mit einem Lager deines Vetters zu tun hast: Neben einem Haufen Moos, der Bolko anscheinend als Bett gedient hat, entdeckst du ein gefaltetes Stück Pergament. Als du es genauer in Augenschein nimmst, erkennst du es wieder: Erst ein paar Wochen zuvor hatte Bolko dieses Schriftstück auf der Dorfkirmes einem zwielichtigen Gesellen abgekauft, der behauptete, es handele sich um ein »uraltes, geheimes Dokument von unschätzbarem Wert«. Rasch überfliegst du den Inhalt. Der Verfasser, angeblich ein Waldläufer mit Namen Dilpo, behauptet, bei seinen Wanderungen durch den Forst von Yorrok südlich des Flusses Golch auf einen uralten Tempel gestoßen zu sein. Darin, so Dilpo, hätte Lormonossor der Gierige einst seine geraubten Schätze versteckt. Der Tempel sei allerdings so gut gesichert gewesen, dass der Waldläufer nicht hineinzugelangen vermochte. Du lässt das Pergament sinken und runzelst die Stirn. Ganz gleich, ob es sich bei diesen Aufzeichnungen um einen realen Bericht oder um eine Fälschung handelt, dir ist jetzt klar, in welche Richtung dein

Vetter von hier aus gewandert sein muss: nach Süden, wo sich angeblich der Tempel mit dem Schatz des Ogerfürsten befindet. Du willst schon aus der Schlafhütte kriechen und dich ebenfalls wieder auf den Weg machen, da fällt dein Blick auf etwas Rundes, Glänzendes, das tief eingedrückt im Moos liegt. Du wühlst es frei und stellst überrascht fest, dass es der handliche Reisekompass ist, den Bolko zu seinem letzten Geburtstag von seinem Großvater geschenkt bekam. Kopfschüttelnd verstaust du das Instrument in deinem Rucksack (vermerke es auf deinem **Abenteuerblatt**). Der Kompass wird auf deinem weiteren Weg fraglos gute Dienste leisten. Nachdem du dich vergewissert hast, dass es hier sonst nichts mehr zu entdecken gibt, verlässt du den Lagerplatz und folgst dem Pfad nach **122**.

147

Nach einer Weile steigt das Gelände an, und der Pfad führt auf einen grasbedeckten Hügel, der den umgebenden Wald wie eine Aussichtsplattform überragt. Froh, endlich wieder die Sonne zu sehen, genießt du einen einmaligen Ausblick: Um dich herum erstreckt sich ein schier endloses Meer aus Grün. Ein Stück nördlich ist als schmaler Einschnitt der Fluss Golch zu erahnen, und irgendwo jenseits davon, mit dem Auge längst nicht mehr zu erkennen, muss Roog liegen, dein Heimatdorf. Ob du es je wiedersehen wirst? Bevor dich Wehmut oder gar Angst überwältigen können, siehst du dich in deiner näheren Umgebung um. In der Mitte der Hügelkuppe befindet sich ein steinerner, teilweise von Flechten überwucherter Altar aus sonnengebleichtem Granit. Er ist kaum größer als eine Reisetruhe, und auf der Vorderseite weist er mehrere Unebenheiten auf, die beinahe wie die Griffe von Schubfächern aussehen. Bevor du den Altar genauer untersuchen kannst, vernimmst du aus der Luft plötzlich ein dumpfes, irgendwie *flappendes* Geräusch. Du hebst den Kopf und erkennst über dir am blauen Himmel einen Schwarm riesiger bunter Falter. Die Flügel der Tiere schillern in allen Farben des Regenbogens, allein ihre Größe wirkt ein wenig beunruhigend: Jeder einzelne ist groß wie ein riesiger Teppich, die Körper der gewaltigen Insekten annähernd so lang wie du. Der Schwarm kreist wenige Dutzend Meter über dir in der Luft … beinahe, als hätten die Tiere etwas Bestimmtes vor. Möchtest du die geflügelten Besucher ignorieren und dir den steinernen Altar genauer ansehen, weiter bei **222**. Sind dir die Rieseninsekten über deinem Kopf nicht geheuer, kannst du den Hügel auch rasch wieder hinabsteigen. An seinem Fuß führen Pfade in verschiedene Richtungen, denen du folgen könntest: einer nach Süden (weiter bei **187**) und ein zweiter nach Westen (**208**).

148 Geschickt wie du bist, fällt es dir nicht schwer, dich an der knotigen Oberfläche der Liane festzuhalten. In einem weiten Bogen saust du auf das grüne Wesen zu, das dich mittlerweile erspäht hat und einen seiner vier Arme zu einem schwachen Winken hebt. Schon bist du heran und packst zu! Ein Ruck, dann hast du der Wasserbestie ihre Beute entrissen. Während aus der Mitte des Tümpels ein blubberndes Grollen aufsteigt, trägt euch der Rest deines Schwungs zurück ans Ufer. Zwar scheint das krakenartige Ungetüm nicht in der Lage, seinen feuchten Lebensraum zu verlassen, doch du möchtest nichts riskieren und schleppst den Geretteten ein gutes Stück vom Ufer fort, bevor du ihn auf ein Polster aus weichem Gras sinken lässt. Das Wesen scheint nicht ernstlich verletzt zu sein, und bald öffnet sich in seinem Affengesicht ein einzelnes, großes Auge, mit dem es dich verwundert, aber dankbar ansieht. Dann beginnt es zu deiner Überraschung zu sprechen, kehlig, aber durchaus verständlich: »Du Mobert retten vor Tentakulon! Mobert tief in deiner Schuld. Er dich mitnehmen in Dorf von Äfflinge!« Das Geschöpf mit Namen Mobert springt auf und ergreift deine Hand. Du siehst keinen Grund, dem dankbaren kleinen Kerl nicht zu folgen. Weiter bei **50**.

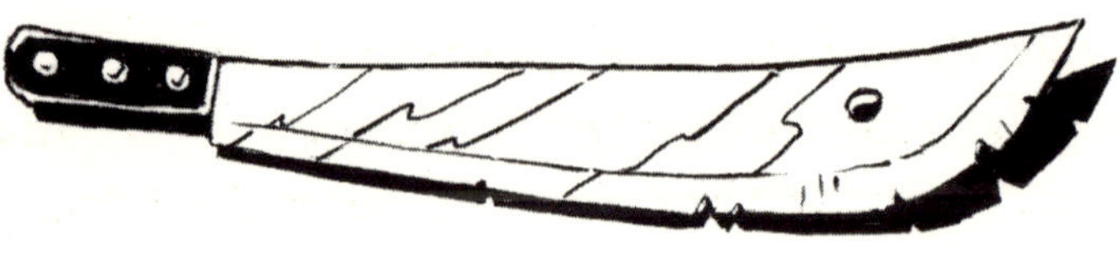

149 Unter Tritten und Schlägen treiben dich die Oger quer durch ihre Siedlung zu dem großen, kastenförmigen Gebäude mit den vergitterten Fenstern. Im Innern übergeben sie dich einem besonders fetten, grobschlächtigen Kerl, den sie Murzak nennen. Er durchsucht dich nach Waffen und nimmt grinsend deine Machete an sich (streiche sie von deinem **Abenteuerblatt**). Deine restlichen Besitztümer scheinen ihn weniger zu interessieren, er beachtet sie nicht weiter. Dann führt er dich einen Korridor mit mehreren Zellentüren entlang, von denen er eine öffnet. Er packt dich am Handgelenk, um dich hineinzustoßen … Trägst du einen Messingreif mit dem eingravierten Wort »Brugaz« am Arm? Wenn ja, weiter bei **64**, wenn nicht, bei **213**.

150 Als du den knisternden Beutel in deinem Rucksack ertastest, hast du plötzlich einen Geistesblitz. Lautlos bläst du ihn prall voll mit Luft, dann wartest du ab, bis der Oger ganz nah heran ist. Durch eine Lücke im Dickicht beobachtest du, wie er die Fallgrube erreicht und sich bückt, um einen prüfenden Blick unter die Laubdecke zu werfen. In diesem Moment schlägst du mit der freien Hand auf den Beutel, der mit einem ohrenbetäubenden Knall zerplatzt. Der Oger grunzt erschrocken auf und macht einen Satz vorwärts – genau in die Grube hinein! Natürlich ist das Loch nicht tief genug, um einen ausgewachsenen Oger lange festzuhalten, deshalb schnappst du dir einen dicken Ast und eilst hinüber, um dem Riesen zur Sicherheit eins über den Schädel zu geben. Wie sich herausstellt, ist dies gar nicht mehr nötig: Der Oger hat sich beim Sturz an einer aus dem Erdreich ragenden Wurzel den Kopf gestoßen und lehnt nun bewusstlos an der Seitenwand der Grube. Über seiner Schulter trägt er einen ledernen Beutel, den du mit ausgestrecktem Arm erreichen und zu dir heraufziehen kannst. Im Innern findest du vier Goldmünzen, die du einsteckst (vermerke sie auf deinem **Abenteuerblatt**). Du willst dich schon davonmachen, als dir am Handgelenk des Ogers ein metallisches Glänzen auffällt. Mit einem Ast hebst du seinen Arm so weit an, dass du einen metallenen Reif erkennst. Er lässt sich leicht abziehen. Wie sich herausstellt, besteht er aus Messing, in die Innenseite ist mit plumpen Buchstaben das Wort »Brugaz« eingeritzt. Falls du das Schmuckstück behalten willst, kannst du es etwas enger biegen und um dein Handgelenk legen. (Vermerke in diesem Fall auch den Messingreif auf deinem **Abenteuerblatt**.) Anschließend folgst du dem Pfad nach **106**.

151 Der Pfad beschreibt eine Biegung nach Süden, und wenig später hörst du vor dir das Rauschen von Wasser. Schließlich endet der Weg am steinigen Ufer eines rasch dahinfließenden Stroms – der Fluss Golch, der den Forst von Yorrok in zwei Hälften teilt. Das gegenüberliegende Ufer ist mehr als einen Steinwurf entfernt, und angesichts der starken Strömung scheint es dir nicht ratsam, den Versuch zu unternehmen, die andere Seite schwimmend zu erreichen. Umso erfreuter bist du, als du ein kleines Ruderboot entdeckst, das an einem in die Uferböschung getriebenen Pflock vertäut liegt. Bei genauerer Betrachtung macht es allerdings einen ziemlich schäbigen Eindruck: Das Holz wirkt alt und morsch, außerdem fehlen Paddel, um es sicher durch die Strömung zu bringen. Während du noch unschlüssig vor dem Boot stehst, tritt plötzlich Mobert an dir vorbei. Er nimmt ein Lasso von seinem Rücken und wirft es zielsicher um einen Baumstumpf auf der anderen Seite des Flusses. Sein Ende befestigt er an einem stabilen Ast hinter euch. Nachdem du im Boot Platz genommen hast, stellt sich der Äffling hinein und zieht die kleine Fähre am Seil entlang ans anderen Ufer. Mit seinen vier muskulösen Armen hat er keine Mühe, der Strömung zu trotzen, und bald habt ihr wieder festen Boden unter den Füßen. Du dankst Mobert für seine Hilfe, bevor ihr gemeinsam einem schmalen Pfad folgt, der in südlicher Richtung vom Fluss wegführt. Weiter bei **114**.

152 Während du noch unter den Aufzugkörben stehst und überlegst, was du unternehmen sollst, ertönt hoch über deinem Kopf plötzlich aufgeregtes Geschnatter. Die Bewohner des Baumdorfes haben dich entdeckt! Du spähst in die Höhe und erkennst unzählige kleine, grün bepelzte Gestalten, die emsig winkend am Rand der Plattform stehen. Sie sind etwa so groß wie Schimpansen und sehen auch sonst recht affenähnlich aus – bis auf den Umstand, dass sie nur ein einziges, großes Auge und vier Arme besitzen! Augenblicke später wird einer der Bambuskörbe zu dir herabgelassen. Die Affenwesen wollen offenbar, dass du zu ihnen heraufkommst. Nimmst du die Einladung an und steigst in den Korb, weiter bei **16**. Ist dir die Sache nicht geheuer, kannst du auch einen raschen Sprint über die Wiese hinlegen und die Mammutbäume hinter dir lassen. In diesem Fall weiter bei **89**.

153 Du setzt das Amulett mit dem Baumsymbol so in das erste Loch, dass die auf der Rückseite eingemeißelte II zu dir weist. Nichts geschieht.
»Ich will ja nichts sagen«, meldet sich Bolko zögernd zu Wort. »Aber ich glaube, das war irgendwie verkehrt.«
In diesem Moment senken sich unter lautem Knirschen drei steinerne Klappen vor die Öffnungen und verschließen sie so dicht, dass nicht einmal die kleinste Rille in der Wand zurückbleibt. Weiter bei **107**.

154 Vor dir beschreibt der Pfad eine sanfte Biegung nach links. Wenige Meter weiter nimmst du aus dem Augenwinkel eine träge Bewegung zwischen den Büschen und Bäumen am Rand des Weges wahr, untermalt vom leisen Knirschen brechender Äste. Ein massiges Tier scheint sich dort ohne Eile durchs Dickicht zu schieben. Die Lichtverhältnisse sind zu dürftig, um durch die Blätter Genaueres zu erkennen. Möchtest du den Pfad verlassen, um dir den Waldbewohner genauer anzuschauen, weiter bei **185**. Willst du dem wilden Tier – oder um was immer es sich handelt – keinen Vorteil lassen und angreifen, bevor du selbst möglicherweise attackiert wirst, weiter bei **62**. Hältst du es für das Klügste, still und heimlich dem Pfad zu folgen, bevor das Wesen dich bemerkt, weiter bei **221**.

155 Nach einer Weile siehst du in der Ferne eine Palisade aufragen, eine hohe Wand aus fest vertäuten, angespitzten Baumstämmen. Ein großes, offen stehendes Tor verschluckt den Pfad wie ein Maul. Vorsichtig schleichst du näher, bis du hindurchschauen kannst.

Vor dir tut sich eine chaotische Ansammlung weiß gekalkter Holzhütten auf, dazwischen tummeln sich zahlreiche ihrer Bewohner. Keuchend gehst du hinter einem der Torpfosten in Deckung! Die Gestalten sind massig und würden selbst den größten Mann deines Heimatdorfes um mindestens drei Köpfe überragen. Sie sind in schmutzige Tierfelle gehüllt, und die Sprache, in der sie sich unterhalten, ist rau und kehlig. Oger! Es gibt also noch Reste dieses grässlichen Volkes im Forst von Yorrok – und nach der Größe ihres Dorfes zu schließen, nicht eben wenige. Du willst dich lautlos vom Tor zurückziehen und einen weiten Bogen um das Dorf machen, als du unvermutet auch *hinter dir* knurrende Stimmen und das Trampeln schwerer Füße vernimmst! Panisch wirbelst du herum – und siehst einen schwer bewaffneten Oger-Spähtrupp direkt auf dich zukommen. Ehe du im Unterholz Deckung suchen oder Maßnahmen zu deiner Verteidigung ergreifen kannst, haben die Kolosse dich bereits entdeckt. Mit gewaltigen Sätzen rennen sie auf dich zu, steingespickte Keulen und schartige Äxte schwingend. »Noch so ein verdammter Eindringling – schon der zweite in dieser Woche!«, grunzt ihr Anführer. Es sind die letzten Worte, die du in diesem Leben hören sollst, denn nur einen Augenblick später zerschmettert dir ein mächtiger Keulenschlag den Schädel. So dicht du deinem Vetter möglicherweise auf der Spur warst, jetzt nützt dir das nichts mehr: Du bist tot, deine Mission gescheitert!

156 Dank deiner besonderen Gabe gelingt es dir, ganz mit deiner Umgebung zu verschmelzen. Bewegungslos hockst du im Blattwerk, während Zamek und Lurm keine drei Schritte neben dir durchs Gesträuch trampeln und ihre Suche nach dem rätselhaften Angreifer schließlich in einer anderen Richtung fortsetzen. Der Lagerplatz mit dem bewusstlosen Gromek bleibt unbewacht zurück. Du nutzt die Gelegenheit und durchsuchst wie geplant die Rucksäcke der Gnome. Darin findest du insgesamt zwei Goldmünzen sowie ein Stück aufgerolltes Pergament. (Vermerke deinen Fund auf deinem **Abenteuerblatt**. *Das Pergament kannst du zu einem beliebigen späteren Zeitpunkt lesen, indem du dir den Abschnitt, an dem du gerade bist, merkst, und kurz zu* ***120*** *blätterst.*) Hinter dir hörst du das Brechen von Zweigen und die erregten Stimmen der Gnome, daher beeilst du dich, ihr Lager wieder zu verlassen. Unbehelligt erreichst du den Pfad, den du zuvor verlassen hast. Weiter bei **98**.

157 Erneut verschwindet ein Goldstück auf Nimmerwiedersehen in dem nachtschwarzen Schacht. (Korrigiere dein **Abenteuerblatt** entsprechend.) Da ertönt die Stimme ein weiteres Mal, mit lang nachhallendem Echo, so als dringe sie aus vielen Meilen Tiefe herauf:

Dein Wunsch wird sich erfüllen schnell,
klimpert Gold noch einmal hell.

Tust du, was die Stimme fordert, weiter bei **235**. Hast du keine Münze mehr oder genug von dem gierigen Brunnen, weiter bei **100**.

158 Vorsichtig arbeitest du dich durch Gebüsch und Schlingpflanzen, bis du eine lichte Stelle im Unterholz erreichst. Dort erwartet dich ein seltsamer Anblick: Ein stämmiges Wesen, kaum größer als du selbst, hockt inmitten von buschigem Gras auf dem Boden. Es hat Ähnlichkeit mit einem Menschen, jedoch eine langgezogene Schnauze und winzige Knopfaugen. Kopf und Rücken sind von fingerlangen, grauen Stacheln bedeckt, was ihm das Aussehen eines übergroßen Igels verleiht. Mit schmerzverzerrtem Gesicht hält das Geschöpf sein rechtes Bein umklammert, das in einer primitiven, an einem Pflock festgeketteten Bärenfalle eingeklemmt ist. Wo die stählernen Zähne sich um seinen Unterschenkel geschlossen haben, ist seine Hose zerrissen und blutig. Als der Igelmann auf dich aufmerksam wird, reißt er ängstlich die Augen auf und fletscht die Zähne. Er scheint fast verrückt vor Furcht und Schmerzen, möglicherweise hält er dich auch für denjenigen, der die grausame Falle hier aufgestellt hat. Möchtest du dennoch zu ihm hinübergehen und ihn befreien, weiter bei **234**. Ziehst du es vor, ihn seinem Schicksal zu überlassen und auf den Pfad zurückzukehren, weiter bei **100**.

159

Dein suchender Blick fällt auf einen schulterhohen, runden Kupferkessel, der auf einem der irdenen Herde steht. Träger weißer Dampf quillt über den Rand. In deiner Not rennst du hinüber, ziehst dich daran hoch und lässt dich in den Kessel plumpsen. *Platsch!* Der Boden ist knöchelhoch mit einer fettigen braunen Brühe bedeckt, aus der Fleischbrocken und kleine Knochen ragen, offenbar Reste einer Ogersuppe. Dir bleibt keine Zeit zum Ekeln, denn in diesem Augenblick wird draußen eine Tür aufgerissen, und du hörst mindestens ein Dutzend Menschenfresser den Raum betreten. Du gehst in deinem Versteck in die Hocke und verhältst dich mucksmäuschenstill.

»Wer hat den Alarm ausgelöst?«, brüllt eine Stimme.

»Keine Ahnung«, antwortet jemand vom anderen Ende der Küche. »Hier ist keiner.«

»Wird wieder so ein verdammter Fehlalarm gewesen sein. Ich war von Anfang an dagegen, dass Häuptling Orguz hier solche modernen Apparate einbauen lässt.«

Heiße Suppe dringt in deine Stiefel. Du musst die Zähne

zusammenbeißen, um vor Schmerz nicht laut aufzuschreien. Endlose Minuten verstreichen, bis die Stimmen der Ungetüme sich wieder entfernen. Endlich fällt die Tür ins Schloss, Stille tritt ein. Du spähst über den Kesselrand – kein Oger zu sehen. So schnell du kannst, kletterst du aus dem Kessel, um dir die Schuhe von den Füßen zu reißen und die widerwärtige, heiße Brühe auszugießen. In deiner Hektik fällt dabei unbemerkt ein Gegenstand aus deinem Rucksack und bleibt im Kessel zurück. (Streiche einen beliebigen Gegenstand – außer deiner Machete – von deinem **Abenteuerblatt**.) Als du deine durchweichten Stiefel wieder angelegt hast, überlegst du, was du nun unternehmen sollst. Der gefesselte Kobold hängt nach wie vor kopfüber an der Wand. Willst du es riskieren, hinüberzugehen und die Kurbel in die andere Richtung zu drehen (weiter bei **184**), oder verlässt du die Dorfküche lieber auf schnellstem Wege (**138**)?

160 Um unbeschadet an das rote Objekt heranzukommen, beschließt du, alle in seiner Nähe krabbelnden Ameisen mit der Spitze deiner Machete beiseite zu schnippen. *Sieh dir die Abbildung auf der gegenüberliegenden Seite genau an und zähle alle bösartigen Krabbeltiere, die du erkennen kannst. Dann blättere zu dem Abschnitt, der der Anzahl der Insekten entspricht.* Beginnt dieser Abschnitt *nicht* mit den Worten »Mit äußerster Sorgfalt …«, lies sofort weiter bei **48**!

161 Der Pfad beschreibt eine Biegung nach Süden, und wenig später hörst du vor dir das Rauschen von Wasser. Schließlich endet der Weg am steinigen Ufer eines rasch dahinfließenden Stroms – der Fluss Golch, der den Forst von Yorrok in zwei Hälften teilt. Das gegenüberliegende Ufer ist mehr als einen Steinwurf entfernt, und angesichts der starken Strömung scheint es dir nicht ratsam, den Versuch zu unternehmen, die andere Seite schwimmend zu erreichen. Umso erfreuter bist du, als du ein kleines Ruderboot entdeckst, das an einem in die Uferböschung getriebenen Pflock vertäut liegt. Bei genauerer Betrachtung macht es allerdings einen ziemlich schäbigen Eindruck: Das Holz wirkt alt und morsch, außerdem fehlen Paddel, um es sicher durch die Strömung zu bringen. Als du dich unschlüssig weiter umsiehst, entdeckst du rechter Hand einen schmalen Pfad, der am Ufer entlangführt. Möchtest du ihm folgen in der Hoffnung, dass er zu einer Stelle führt, wo der Strom einfacher zu überqueren ist, weiter bei **25**. Willst du stattdessen versuchen, mit dem Boot auf die andere Seite überzusetzen, weiter bei **194**.

162 In der Schule hast du gelernt, dass es Pflanzen gibt, deren Sekret gut für die Haut ist. Nach kurzem Zögern schmierst du dir die milchige Flüssigkeit großflächig auf Gesicht, Hände und alle anderen bloßliegenden Körperpartien. Sie lässt sich leicht auftragen und zieht im Nu in die Haut ein, die sich hinterher weich und glatt anfühlt. (Vermerke auf deinem **Abenteuerblatt**, dass du dich mit Pflanzensaft eingerieben hast.) Eingehüllt in eine Wolke süßlichen Dufts folgst du dem Pfad nach **238**.

163 Wie lauten die exakten Worte der Zauberformel?

– »*Daddel-diddel-doddel-dum*« (weiter bei **192**)?
– »*Kuddel-muddel-schnaddel-di*« (weiter bei **2**)?
– »*Duddel-doddel-daddel-du*« (weiter bei **134**)?

164 Du legst Rucksack und Machete am Ufer ab und springst in den See. Mit ein paar kräftigen Schwimmstößen erreichst du den Wasserfall und tauchst unter dem glitzernden Vorhang hindurch. Dein

Verdacht bestätigt sich: Hinter der Wasserwand befindet sich eine weitläufige Höhle. Als du aus dem Wasser kletterst, stellst du erschrocken fest, dass der Boden mit Knochen übersät ist! Du zählst die Gerippe von mindestens dreißig riesigen Lebewesen. Ihre Knochen sind dicker als ein Arm, und aus ihren Schädeln ragen mächtige Stoßzähne, länger als die Machete von Onkel Modrik. An keinem der Skelette sind Zeichen von Gewalteinwirkung zu erkennen, weshalb du vermutest, dass diese Kolosse im hohen Alter freiwillig hierher gekommen sind, um in Ruhe zu sterben – eine Art Tierfriedhof also. Ehrfürchtig wanderst du zwischen den Gebeinen umher, als dir in einem der Gerippe etwas Rundes ins Auge fällt, das nicht hierher zu gehören scheint. Es handelt sich um ein steinernes Amulett an einer Kette. Auf der Vorderseite des Anhängers ist ein Baum mit langen, schlangenartigen Ästen eingemeißelt, in die Rückseite hat jemand die Zahl II geritzt. Du grübelst darüber nach, wie dieses Schmuckstück wohl hierher kommt. Ob es einst von einem der riesigen Tiere verschluckt wurde? Oder hat es später jemand hier verloren? Achselzuckend hängst du dir die Kette um den Hals und schwimmst damit durch die Wand aus Wasser zurück ans Ufer, wo du deinen Fund in deinem Rucksack verstaust. (Vermerke das Amulett sowie sein exaktes Aussehen auf deinem **Abenteuerblatt**.) Anschließend folgst du dem Pfad vom Flussufer fort in Richtung Süden. Weiter bei **200**.

165 Du ignorierst die Stimme des alten Dorflehrers von Roog in deinem Kopf, die dich eindringlich vor waghalsigen Experimenten warnt, brichst ein großes Stück von einem der Pilzhüte ab und beißt hinein. Überrascht stellst du fest, dass er überaus lecker schmeckt – ein wenig wie reife Melone, nur würziger. Begeistert verzehrst du drei komplette Pilzhüte, und bald fühlt sich dein Magen wieder angenehm voll an. (Was du nicht weißt: Neben ihrem delikaten Geschmack haben die Pilze auch eine heilkräftige Wirkung: *Solltest du auf deinem bisherigen Weg von einem Hornissenschwarm gestochen worden sein und aufgrund einer allergischen Reaktion um dein Leben bangen, neutralisieren die Pilze das Gift der Insekten in deinem Körper. Die Schwellungen klingen ab, der Schmerz an den Einstichstellen lässt nach. Du bist geheilt und brauchst ab sofort nicht mehr deine zurückgelegten Abschnitte auf dem* ***Abenteuerblatt*** *zu zählen.*) Nachdem du dich satt gegessen hast, machst du dich wieder auf den Weg. Weiter bei **6**.

166 Du versuchst, aus der Not eine Tugend zu machen und deinen Stab als Paddel zu verwenden. Doch nur Augenblicke später hat ihn dir die tosende Strömung bereits aus den Händen gerissen. Halt- und steuerlos treibt dein Boot den Golch hinunter, schneller und schneller. Immer wieder musst du hastig den Kopf einziehen, um Ästen oder Lianen auszuweichen, die von hohen Bäumen am Ufer übers Wasser hängen. Als du schon nicht mehr daran glaubst, dass dieser Höllenritt je ein Ende finden wird, knirscht es auf einmal unter dem Kiel des Bootes – ein Ruck, und es steht still. Vorsichtig wirfst du einen Blick über die Bordwand. Dein Gefährt ist auf eine Reihe großer, flacher Felsbrocken aufgelaufen, die an einer Engstelle des Flusses von einer Seite zur anderen führen. Einen Moment, bevor die morschen Bohlen des Bootes unter dem Druck der Strömung nachgeben und in Stücke brechen, kletterst du von Bord und springst über die Felsen hinüber zum südlichen Ufer. Erleichtert, so glimpflich davongekommen zu sein, folgst du dort einem schmalen, gewundenen Pfad nach **74**.

167 Du platzierst das Amulett mit dem Baumsymbol so im zweiten Loch, dass die II auf der Rückseite in deine Richtung zeigt. Erneut knirscht und rumort es im Innern der steinernen Wand. Ihr haltet den Atem an … aber noch immer lässt sich die Mauer keinen Millimeter bewegen. »Diese Spannung halte ich keine Sekunde länger aus«, keucht Bolko. »Nun mach das Ding doch endlich auf!« Besitzt du noch ein drittes Amulett mit einem elefantenartigen Lebewesen darauf, das du in das letzte Loch einsetzen kannst, weiter bei **224**. Hast du keinen weiteren steinernen Anhänger, weiter bei **107**.

168 Beinahe ehrfürchtig folgst du dem Pfad unter dem lückenlosen Blätterdach hindurch. Es ist so hoch, dass Schwärme kleiner Vögel mühelos darunter hindurchsegeln. Bald erreichst du den Baum, den du von Weitem erspäht hast. An seinem Stamm sind in regelmäßigen Abständen Holzleisten befestigt, die eine Art Leiter bilden. Ein Dutzend Meter über deinem Kopf kannst du einen windschiefen, aus Ästen und Buschwerk gefertigten Verschlag ausmachen. Sowohl das Baumhaus als auch die Leitersprossen sind mit weißen Schleiern überzogen – Spinnweben. Die Netze sind lang und dick wie Wollschals, ihre Erzeuger müssen eine beachtliche Größe haben. Skeptisch beäugst du den Baumstamm, aber nirgends sind Spinnen zu sehen. Möglicherweise sind die Netze schon alt, und es gibt hier längst keine vielbeinigen Krabbeltiere mehr? Überwindest du deine Abneigung und steigst an den Holzlatten hinauf, weiter bei **205**. Möchtest du dies nicht tun, kannst du entweder weiter auf dem Pfad unter der Blätterkuppel entlangmarschieren (weiter bei **31**), oder du kehrst zur letzten Abzweigung zurück und folgst dem letzten Pfad in südliche Richtung (**57**).

169 Du packst den Schaft des Speers mit beiden Händen und zerrst daran. Zu deiner Überraschung löst sich die Spitze ganz leicht aus dem Holz. Die Waffe ist erstaunlich schwer und macht trotz ihrer simplen Machart einen hervorragend ausbalancierten Eindruck. Du überlegst gerade, ob du den Speer mitnehmen solltest, als er sich plötzlich in deinen Händen zu bewegen beginnt! Blitzschnell gleitet der Schaft durch deine Finger nach unten, während die steinerne Spitze sich nach oben ausrichtet, bis sie genau auf dein Gesicht zielt. Dann schießt der Speer vor, so kräftig, dass deine Hände ihn kaum zurückhalten können. Allem Anschein nach ist die Waffe mit einem Fluch belegt: Sie verfügt über einen eigenen Willen und will dich umbringen! **Befrag das Schicksal:** Erhältst du ᛟ, ᛚ, ᛡ, ᚠ oder ᛉ, weiter bei **28**, bei einer anderen Rune bei **81**.

170 Innerhalb kurzer Zeit wird der Boden unter deinen Füßen fester. Der Dunst lichtet sich, macht Platz für Buschwerk und Bäume, die bald wieder dichter stehen. Das nervtötende Blubbern und Quaken weicht den normalen Lauten des Waldes, und schließlich rahmt von Neuem undurchdringliches Grün den Pfad. Mit grimmiger Miene stapfst du voran. Der Abstecher in den Sumpf war ein Reinfall: Nichts deutet darauf hin, dass Bolko dort gewesen ist. Eine knappe Viertelstunde später beschreibt der Weg einen scharfen Linksknick. Geradeaus verwehrt ein undurchdringliches Gewirr aus Büschen und riesigen Farnwedeln jedes weitere Vorankommen. Du willst dem Pfad schon um die Biegung folgen, als du plötzlich stutzt: Die grüne Wand vor dir wirkt wirklich *sehr* dicht – und so gleichmäßig, dass man fast daran zweifeln könnte, sie sei von allein so gewachsen. Möchtest du das merkwürdige Buschwerk genauer unter die Lupe nehmen, weiter bei **30**. Folgst du lieber dem abknickenden Pfad, weiter bei **112**.

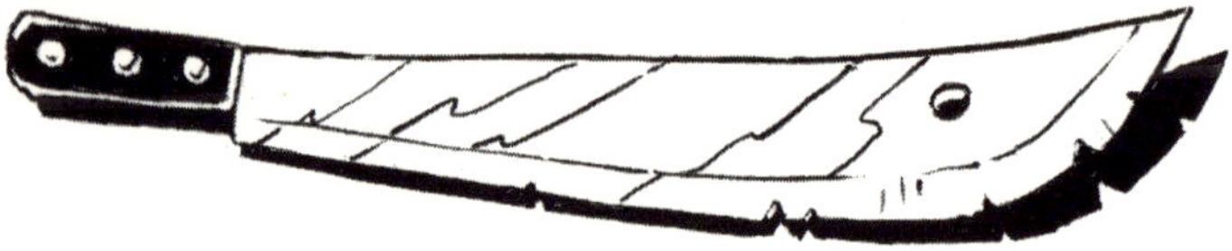

171

Mit einer raschen Bewegung reißt du Bolko den Sack aus der Hand und greifst hinein. Seinen entsetzten Blick ignorierend, ziehst du die goldenen Krone hervor und hältst sie den Ogern gerade lang genug vor die verdatterten Gesichter, dass sie den Kopfschmuck Lormonossors des Gierigen gut erkennen können. Dann holst du aus und schleuderst das Ding so weit ins Dickicht, wie du nur kannst. Wie du gehofft hattest, stürzen die Oger sofort brüllend hinterher – alle, ohne Ausnahme. Ihre entflohenen Gefangenen haben sie für den Augenblick völlig vergessen. Ihr nehmt die Beine in die Hand und rennt, wie ihr noch nie zuvor gerannt seid. Immer wieder lauschst du ängstlich über deine Schulter, doch außer deinem und Bolkos keuchendem Atem ist nichts zu hören. Kein Wunder: Die Krone im finsteren

Unterholz wiederzufinden, ist keine leichte Aufgabe, die Oger dürften eine ganze Weile beschäftigt sein. Hinter dir ächzt und schnauft Bolko wie ein undichter Dampfkessel, doch du gestattest euch keine Rast. Ihr rennt weiter, Stunde um Stunde. Schließlich, die Fackel in deiner Hand ist bis auf einen winzigen Stumpf heruntergebrannt, wird es allmählich heller. Zunächst glaubst du, dass es nur der Morgen ist, der hoch über den Baumwipfeln graut, doch dann bemerkst du, dass seitlich des Pfads kaum noch Bäume stehen. Keuchend taumelt ihr zwischen einigen letzten Sträuchern hindurch – und habt es geschafft: Vor euch beleuchtet eine zaghaft über den Horizont lugende Morgensonne grüne Wiesen, braune Äcker und gelbe Getreidefelder. Du hast den Eindruck, nie in deinem Leben etwas Schöneres gesehen zu haben, und sogar Bolko stößt neben dir ein ungläubiges Glucksen aus. Der Forst von Yorrok liegt hinter euch! Nicht weit entfernt kommt euch über einen kurvigen Feldweg ein Bauer auf einem Ochsenkarren entgegen. Mit letzter Kraft taumelt ihr auf ihn zu, und Minuten später hockt ihr sicher auf der Ladefläche seines holpernden Gefährts. Weiter bei **250**.

172 Verzweifelt versuchst du, das Zittern zu unterdrücken, das die nackte Todesangst in deine Glieder fahren lässt. Was für eine Schnapsidee, sich zwischen den Vorräten der Menschenfresser zu verstecken! »Kann mich gar nicht erinnern, wo wir *diese* Made hier aufgelesen haben«, knurrt der Oger direkt vor dir. Plötzlich packt er dich mit einer riesigen Pranke an der Schulter und dreht dich prüfend hin und her. Ohne dass du es verhindern kannst, entweicht dir ein erschrockenes Keuchen, deine Arme zucken schützend vor dein Gesicht. Als die Oger merken, dass du weder bewusstlos noch gefesselt bist, reißen sie ihre Keulen hoch. »Ein Eindringling, wie?«, knurrt ihr Anführer mit bösem Grinsen. »Warte nur, für so was wie dich haben wir einen ganz besonderen Ort!« Weiter bei **149**.

173 Zielstrebig steigst du die Steinstufen hinauf und trittst unter das steinerne Vordach. Da entsteht plötzlich Bewegung auf beiden Seiten des Tempels. Ein geisterhaftes, hohes Pfeifen ertönt, dann beginnen die schlangenartigen Äste der Bäume rechts und links von dir, gierig durch die Luft zu peitschen! In Sekundenschnelle wirst du gepackt und in die Höhe gerissen. Das Letzte, was du siehst, ist ein gähnendes Loch inmitten eines Gewirrs von Ästen, dann hat der Chlorophyllus, einer der gefährlichsten Bewohner dieses Waldes, seine arglose Beute verschlungen – dich. Dein Abenteuer ist zu Ende.

174 Du lauschst dem Wortwechsel der Gnome einige Minuten lang, wobei du interessante Informationen aufschnappst. Die drei Kerle, die auf die Namen Gromek, Zamek und Lurm hören, hausen schon seit Längerem im nördlichen Zipfel des Forstes, wo sie ihre Zeit damit zubringen, harmlose Reisende zu überfallen und auszurauben. Offenbar haben sie seit Tagen nichts mehr zu beißen bekommen, bis Gromek heute endlich mit seiner Schleuder jenes Kaninchen erlegen konnte, das nun am Spieß über dem Feuer brutzelt. Mit gierigen Blicken warten die Gnome darauf, dass ihr Braten fertig ist.

»Dreh nicht so schnell, Gromek«, krächzt Zamek. »Sonst wird das Vieh niemals gar.«

»Schnauze, Zamek!«, gibt der Gnom am Spieß unwirsch zurück. »Ist schließlich nicht das erste Karnickel, dass ich zubereite.«

»Ich bin hungrig wie ein Löwenbär«, grunzt Lurm. Sein Magen knurrt so laut, dass du es noch in deinem Versteck hören kannst. »Beim Gedanken an das saftige Fleisch eines Hasenschenkels läuft mir das Wasser im Mund zusammen …«

Du beschließt, dass es an der Zeit ist zu handeln. Wie willst du vorgehen, um an die Besitztümer der Gnome zu kommen?

– Du sammelst Steine vom Boden auf und schleuderst sie aus deinem Buschversteck auf die drei Gestalten (weiter bei **183**)?

– Du rufst mit verstellter Stimme: »Vergiss es, Lurm! Die Schenkel stehen dem zu, der den Hasen erlegt hat!« (weiter bei **84**)?

– Du zückst deine Machete und greifst die Gnome todesmutig an (weiter bei **236**)?

175

Am Fuß des Schachts stößt du auf einen niedrigen, ins Erdreich gegrabenen Stollen, an dessen Wänden schwammiges Leuchtmoos sprießt. Es sondert ausreichend Helligkeit ab, damit du dich zurechtfinden kannst. Du folgst dem Tunnel bis zu einer Abzweigung in der linken Tunnelwand. Geradeaus macht der Gang einen sehr vernachlässigten Eindruck, Wasserrinnsale tröpfeln von der Decke und bilden große Pfützen am Boden. Nach kurzer Überlegung schlägst du den trockeneren Weg nach links ein. Weiter bei **51**.

176 Mit einem erschöpften Seufzer lässt du dich auf die Sitzfläche sinken und legst die Arme auf die Lehnen. Der Stuhl ist hart und unbequem, wie bei einem Möbel aus Stein kaum anders zu erwarten, aber falls er wirklich über magische Kräfte verfügt, soll dir das egal sein. Eine Weile passiert nichts. Dann hast du plötzlich den Eindruck, dass es unter deinem Hinterteil kaum merklich zu vibrieren beginnt. Dir wird flau im Magen, Schwindel erfasst dich. Dein Puls beginnt zu rasen, und du musst an dich halten, dich nicht zu übergeben. Was ist hier los? Du versuchst, vom Stuhl aufzuspringen – doch das ist leichter gesagt als getan: Deine Arme fühlen sich an, als bestünden sie aus Pudding, du schaffst es kaum, deinen Körper in die Höhe zu stemmen. Kaum stehst du, beginnt sich in deinem Kopf alles zu drehen. Du stürzt der Länge nach zu Boden, wo du minutenlang benommen liegenbleibst. Was du nicht wusstest: Der magische Stuhl wurde tatsächlich einst dazu geschaffen, seine Benutzer zu stärken. Als der Turm vor Jahrhunderten im Sumpf versank, sorgten allerdings Kraftlinien und magische Meridiane in den Tiefen der Erde dafür, dass sich die in den Sitz gebannten Energien ins Gegenteil verkehrten. Als Folge hat der Stuhl jetzt dafür gesorgt, dass du Lebenskraft *verlierst*, ein grauenhafter Prozess, der, einmal in Gang gesetzt, nicht mehr zu stoppen ist. Du wirst von nun an schwächer und schwächer werden, obgleich du den Stuhl längst verlassen hast! *Zähle ab jetzt jeden* *neuen Abschnitt, den du liest, indem du einen Strich auf dein* **Abenteuerblatt** *machst. Kommen auf diese Weise 9 Striche zusammen, ohne dass du ein Heilmittel gegen den Schwächungszauber findest, sind deine Kräfte aufgezehrt. Du brichst zusammen, unfähig, dich zu rühren, ein leichtes Opfer für die Raubtiere des Waldes. In diesem Fall musst du das Buch ohne eine weitere Aufforderung schließen, dein Abenteuer ist beendet! Findest du dagegen rechtzeitig einen Weg, die Wirkung des Zaubers zu stoppen, wird dir der Text mitteilen, dass du mit dem Zählen aufhören kannst.* Irgendwie gelingt es dir, wieder auf die Füße zu kommen. Du verfluchst deine Unvorsichtigkeit, während du mit schwankenden Schritten die Wendeltreppe hinaufsteigst, um draußen dem Pfad vor dem Turm zu folgen. Weiter bei **245**.

177 Als der Oger nahe genug ist, richtest du dich in deiner Deckung auf und schleuderst dem Ungetüm den metallenen Stern entgegen. Dein Wurf ist kraftvoll und gut gezielt, und einen Wimpernschlag später stecken die scharf geschliffenen Kanten des Geschosses in der Schulter des Ogers. Brüllend fährt die Kreatur herum. Zwar sieht der Riese dich im Blattwerk nicht, aber er kann die ungefähre Richtung bestimmen, aus der der Wurfstern geflogen kam. Im Handumdrehen hat er ihn aus seiner dicken, ledrigen Haut gezogen, reißt die Keule hoch über den Kopf und beginnt, mit mächtigen Schlägen auf das Dickicht seitlich des Pfads einzuprügeln – jenes Dickicht, in dem du dich versteckst! Der erste Schlag geht vorbei, auch der zweite durchpflügt Laub und Äste mehrere Schritte entfernt. Der dritte Streich allerdings findet sein Ziel: deinen Schädel! Du vernimmst ein hässliches Knirschen, dann geht das Licht aus. Dein Abenteuer ist zu Ende.

178 Am folgenden Morgen servieren dir die grünpelzigen Baumbewohner ein reichhaltiges Frühstück aus blauen, bananenähnlichen Früchten, süßen Beeren und gehaltvoller, dicker Baummilch. Du dankst ihnen für ihre Hilfe und Gastfreundschaft, bevor sie dich mit einem der Aufzugkörbe auf der anderen Seite des Dorfes zu Boden lassen. Gestärkt und ausgeruht überquerst du die grasbewachsene Lichtung, um deine Suche nach Bolko fortzusetzen. Weiter bei **46**.

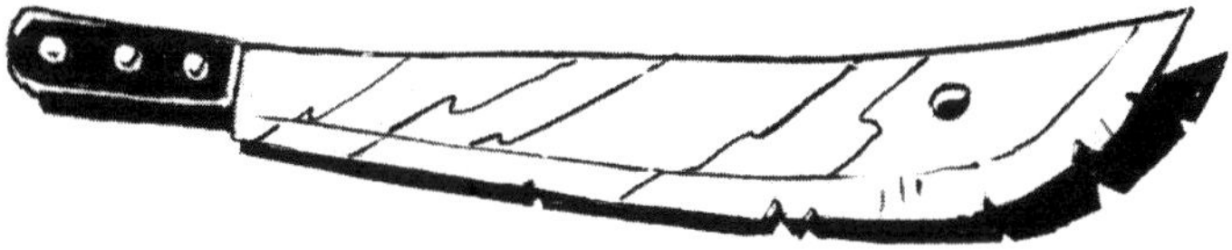

179 »Du dreckige kleine Wanze willst mir zehn Goldstücke geben, nur damit ich dich rauslasse?«, vergewissert sich der Oger, nachdem du ihm dein Angebot unterbreitet hast. »*Zehn?*« Seinem ungläubigen Tonfall entnimmst du, dass Murzak noch nie zuvor so viel Geld auf einem Haufen gesehen hat. Da wird der Riegel auch schon beiseitegeschoben, und die Tür öffnet sich einen Spalt weit. »Zeig sie mir«, befiehlt der Gefängniswärter. Du gehorchst und streckst ihm die Münzen auf dem Handteller entgegen. Mit großen Augen und hängendem Unterkiefer öffnet der Oger die Tür weiter. »So viel Gold …«, murmelt er ungläubig.

Du hoffst, dass es ihm nicht in den Sinn kommt, sich die Münzen einfach mit Gewalt zu nehmen – jetzt, da er weiß, dass du welche besitzt. Rasch sagst du: »Sind wir im Geschäft?«

Der Riese nickt wild. »Abgemacht! Aber es muss wie ein gewaltsamer Ausbruch aussehen, sonst verspeist Häuptling Orguz meine Innereien zum Frühstück.« Murzak hakt eine riesige, mit Steinsplittern gespickte Keule von seinem Gürtel und hält sie dir hin. »Hier, zieh mir damit eins über! Du musst richtig fest zuschlagen, damit ich das Bewusstsein verliere. Wenn mich die anderen später finden, kann ich behaupten, du hättest dich allein befreit und mich überwältigt.« Er grinst dümmlich, als wäre das die beste Idee der Welt. Die Keule ist so schwer, dass du sie kaum heben kannst. Umso größer ist ihre Wucht, als du sie auf den Hinterkopf des naiven Ogers niedersausen lässt. Wie ein Stein geht Murzak zu Boden. Du nimmst deine Machete wieder an dich, die der Gefängniswärter in seinen Lendenschurz gesteckt hatte, und dann auch deine zehn Goldstücke, die dem Oger aus der Pranke gerollt sind. (Vermerke die Machete wieder auf deinem **Abenteuerblatt**.) Grinsend schleichst du dich zum Haupteingang des Gefängnisses. Nachdem du dich vergewissert hast, dass sich vor dem Gebäude keine Oger aufhalten, huschst du ins Freie und eilst durch eine unbelebte Gasse davon. Weiter bei **27**.

180 Bevor du irgendwie reagieren kannst, flammt erneut ein grelles, gelblich-weißes Licht auf, nur wenige Meter von deinem Gesicht entfernt. Geblendet von dem unerklärlichen Blitz schaust du auf – und erhaschst einen kurzen Blick auf einen haushohen, grauen Schatten, der unter ohrenbetäubendem Trompeten zwischen den Bäumen hindurch auf dich zugeprescht kommt! Dann ein weiterer Lichtblitz … Du wirst nie erfahren, welchem rätselhaften Lebewesen du hier begegnet bist, denn Augenblicke später ist die Kreatur heran und hat dich mit Füßen, groß wie Fässer, zu Brei getrampelt. Dein Abenteuer ist beendet, bevor es richtig begonnen hatte.

181 Du konzentrierst dich auf die geknurrten Laute deiner Angreifer, und nach wenigen Augenblicken verstehst du, worüber sie sich unterhalten. Zu deiner Überraschung hat ihr Angriff nicht das Erbeuten von Nahrung zum Ziel, wie du zunächst angenommen hattest. Vielmehr wollen dich die Raubtiere dafür bestrafen, dass du es gewagt hast, in ihr angestammtes Territorium einzudringen. Sofort entschuldigst du dich bei den Stachelwölfen und versicherst ihnen, dass du die Grenzen ihres Reviers keinesfalls mit Absicht verletzt hast. Du berichtest von deiner Suche nach Bolko und versprichst, dich schnellstmöglich aus ihrem Gebiet zurückzuziehen, wenn sie dich unbehelligt gehen lassen. Der Leitwolf überdenkt deine Worte, dann nickt er knurrend. Wie er sagt, ehrt man unter Stachelwölfen die Angehörigen des eigenen Rudels. Deine Suche nach einem Verwandten ist in seinen Augen eine verdienstvolle Mission, weswegen er bereit ist, dich ausnahmsweise zu verschonen. Lautlos ziehen sich die Tiere zurück, und du kannst den Hohlweg unbehelligt passieren. Wenig später geht es bergauf, bis du wieder einem ganz normalen Wildpfad folgst. Weiter bei **40**.

182 Was willst du der Alten überlassen – sofern du es besitzt:

- ein Goldstück (weiter bei **73**)?
- eine Handvoll blauer Federn (weiter bei **244**)?
- einen Kupferschlüssel (weiter bei **133**)?

Hast du nichts von alldem, musst du wohl oder übel auf eine Unterredung mit der Frau verzichten und dem Pfad entweder nach links (weiter bei **43**) oder nach rechts folgen (**161**).

183 Du raffst eine Handvoll Steine zusammen, zielst sorgfältig und wirfst. Der erste Stein geht daneben, aber er schlägt deutlich hörbar ins Gestrüpp auf der anderen Seite des Lagerplatzes ein. Dies erweist sich als Vorteil: Als die Gnome erschrocken in die betreffende Richtung starren, kannst du ungesehen einen weiteren Brocken schleudern. Er trifft Gromek am Hinterkopf, worauf dieser bewusstlos zu Boden geht. Die anderen beiden, Zamek und Lurm, springen auf, reißen spitze Krummdolche aus ihren Gürteln und mustern mit wilden Blicken das Gehölz rings um den Lagerplatz. Sie wechseln einen kurzen Blick, dann beginnen sie, das Dickicht zu durchsuchen, nur wenige Meter von dir entfernt! Ängstlich duckst du dich tiefer hinter einen großen Dornbusch … Verfügst du über das Talent VERBERGEN? Wenn ja, weiter bei **156**, wenn nicht, bei **125**.

184

Mit angehaltenem Atem beobachtest du, wie sich die Bewegung der Kurbel über die Seile und Räder fortsetzt, weiter und immer weiter … bis sie schließlich dafür sorgt, dass der gut verschnürte Kobold langsam zu dir herabsinkt. Vorsichtig nimmst du ihn in Empfang und befreist ihn von seinen Fesseln. Obwohl der kleine Kerl noch ziemlich wacklig auf den Beinen ist, bedankt er sich überschwänglich für seine Rettung. Du erfährst, dass er auf den Namen Zülpp hört und vor einigen Tagen versuchte, den Forst von Yorrok auf dem Fluss Golch zu durchqueren. Sein Boot wurde jedoch an einer Engstelle des Stroms an Felsbrocken zerschmettert, und ein Trupp Oger, der gerade am Flussufer rastete, nahm ihn gefangen. Als Zülpp seinen Bericht beendet hat, erzählst du ihm von deiner Suche nach Bolko. Der Kobold denkt kurz nach, dann sagt er: »Vor meiner Reise durch den Forst habe ich mich ein wenig über seine Bewohner schlau gemacht. Dabei hörte ich von einem alten Einsiedler, der irgendwo südlich des Flusses hausen soll, in einer steinernen Hütte mit grasbewachsenem Dach. Man sagt, er sei ein Freund der Tiere, die ihm alles berichten, was im Wald vor sich geht. Vielleicht weiß *er*, wo dein Vetter abgeblieben ist?« Du bedankst dich bei dem Kobold für die Information. (Wenn du möchtest, notiere dir den Hinweis auf deinem **Abenteuerblatt**.) Als du Zülpp fragst, ob er sich dir anschließen will, schüttelt er den Kopf. »Tut mir leid, aber ich verschwinde auf kürzestem Weg aus dieser grünen Hölle«, erklärt er, schnappt sich von einem Haken an der Wand eine Kette Trockenwürste als Wegzehrung und huscht hinaus auf die Straße. Du verzichtest darauf, ebenfalls etwas von den fragwürdigen Lebensmitteln der Oger einzustecken, und folgst dem Kobold nach draußen, wo du gerade noch siehst, wie er am Ende der leeren Gasse nach links davonflitzt. In gemäßigtem Tempo folgst du ihm, wendest dich an der betreffenden Kreuzung jedoch nach rechts. Weiter bei **138**.

185 Behutsam biegst du das Buschwerk beiseite und schiebst dich vorwärts. Schließlich kannst du das Tier, das nur wenige Schritte abseits des Pfads an einem Baumstamm lehnt, deutlich erkennen. Es ist riesig, höher als das Dach deines Elternhauses in Roog, und über und über von zottigem, verfilztem Fell bedeckt. Auf seinen stämmigen Hinterbeinen kann es aufrecht stehen wie ein Bär, und mit mächtigen Armen und riesigen Greifklauen biegt es Äste in seine Richtung, um ihre Blätter zu verzehren. Jede Bewegung geschieht wie in Zeitlupe. Als dein Blick auf den kleinen Kopf mit den weit auseinanderstehenden Augen fällt, wird dir klar, womit du es hier zu tun hast: Dein Gegenüber ist ein Riesenfaultier – ein Pflanzenfresser und nebenbei eine der friedliebendsten Lebensformen in ganz Konduula. Erleichtert beobachtest du den Koloss eine Weile beim Fressen. Als du dich gerade wieder auf den Weg machen willst, blitzt es unter dem mächtigen Hinterteil des Faultiers plötzlich hell auf, als säße es auf einem Gegenstand, der das spärliche Sonnenlicht metallisch reflektiert. Einen Augenblick später ist von dem glänzenden Objekt nichts mehr zu sehen. Möchtest du dich dem Koloss nähern, um zu ergründen, worum es sich handelt? In diesem Fall **befrag das Schicksal**: Erhältst du ᛞ, ᛏ, ᚢ oder ᛉ, weiter bei **47**, bei einer anderen Rune bei **101**. Verfügst du über das Talent TIERSPRACHE, könntest du auch versuchen, das Faultier dazu zu bewegen, ein Stück zur Seite zu gehen, damit du die be-

treffende Stelle untersuchen kannst (weiter bei **141**). Interessiert dich das metallische Objekt nicht weiter, kehrst du zum Pfad zurück. Weiter bei **221**.

186 Mit panisch geweiteten Augen verfolgst du, wie sich der teuflische Speer erneut ausrichtet, bis er exakt auf deine Kehle zielt. Du nimmst all deine Kraft zusammen, um dich gegen den nächsten Stoß zu wappnen, doch deine Handflächen sind vom Schweiß des Kampfes feucht und rutschig geworden. Du verspürst einen heftigen Ruck, als die verfluchte Waffe zustößt, und dann – nichts mehr! Dein letzter Gedanke ist, dass hoffentlich nie jemand auf die Idee kommt, den verfluchten Speer aus dem Knochengerippe zu ziehen, das als einziges Überbleibsel von dir vor dieser Hütte zurückbleiben wird. Dein Abenteuer ist zu Ende.

187 Du umrundest die Basis des Hügels und folgst dem südlichen Pfad ins Unterholz. Lange führt er geradeaus, bis er auf einen Querpfad trifft. Am Rand dieser T-Kreuzung ragt eine würfelförmige Steinhütte in die Höhe. Das flache Dach ist mit saftigem, grünem Gras bewachsen. Eine ziegenähnliche Kreatur mit zwei Köpfen steht darauf angepflockt und weidet friedlich. Möchtest du dir die Hütte genauer ansehen (**204**) oder folgst du lieber dem quer verlaufenden Pfad nach links (**246**) oder nach rechts (**155**)?

188 Bald stößt ein zweiter Pfad im spitzen Winkel auf deinen, doch du gehst unbeirrt weiter in die ursprüngliche Richtung. Wenig später vernimmst du vor dir ein Rauschen, und schließlich endet der Weg am Ufer eines breiten Stroms mit kristallklarem Wasser. Dies muss der Golch sein, der Fluss, den du schon aus der Ferne gesehen hast. Das andere Ufer ist gut ein Dutzend Meter entfernt, die Strömung stark. Aber schwimmend möchtest du das Gewässer sowieso nicht durchqueren – im flachen Uferbereich sind unzählige faustgroße Fische mit spitzen Zähnen zu erkennen. Piranhas! Den einzigen sicheren und zugleich ansatzweise trockenen Weg nach drüben stellt ein Dutzend großer, abgeflachter Felsbrocken dar, die in unregelmäßigen Abständen aus dem gischtenden Wasser ragen. Sie führen von einem Ufer zum anderen, die Abstände dazwischen müssten sich mit ein paar beherzten Sprüngen gut bewältigen lassen. Du atmest tief durch, machst dich bereit zum Loslaufen … Verfügst du über das Talent KLETTERN? Wenn ja, weiter bei **38**. Besitzt du diese besondere Begabung nicht, **befrag das Schicksal**: Erhältst du ᛞ, ᚼ, ᛚ, ᛟ oder ᛰ, weiter bei **13**. Ist das Ergebnis ᛉ, ᚢ oder ᛏ, weiter bei **85**. Bei jeder anderen Rune weiter bei **38**.

189 Mit einem Quietschen, das dir eine Gänsehaut über den Rücken jagt, schwingt die Tür in verrosteten Angeln auf. Du betrittst einen quadratischen Raum, dessen Boden, Wände und Decke aus festgestampfter Erde bestehen und über und über von pelzigem Leuchtmoos bedeckt sind. Auf den ersten Blick wirkt der Raum harmlos, daher machst du einen Schritt vorwärts, um ihn genauer zu untersuchen. Im selben Moment schließt sich die Tür hinter dir mit einem lauten Knall! Du wirbelst herum und erkennst an der Wand ein kompliziertes System von Seilzügen, die mit einem Trittschalter im Boden verbunden sind, welchen du soeben ausgelöst hast. Eine der Schnüre hat über mehrere Rollen die Tür ins Schloss gezogen und verriegelt. Eine andere führt dicht über dem Boden zu einer Klappe in der gegenüberliegenden Wand. Sie ist mit einem Gegengewicht verbunden, das sich soeben in Bewegung setzt – die Klappe beginnt sich langsam zu heben! Merkwürdige knisternde Geräusche dringen dahinter hervor … Sofern du es nicht innerhalb der nächsten Sekunden verhinderst, wird sich der Verschlag ganz öffnen, und was auch immer sich dahinter befindet, gelangt zu dir in den verschlossenen Raum. Besitzt du einen silbernen Wurfstern? Wenn ja, weiter bei **63**. Hast du keinen, weiter bei **249**.

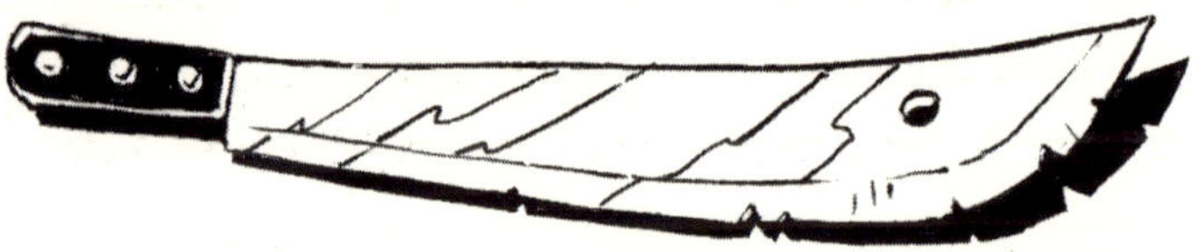

190 Nach einer guten Stunde Marsch taucht rechter Hand eine Öffnung im Dickicht auf – ein neuer Pfad, kaum schmaler als der bisherige. Mobert, der bereits an der Abzweigung vorbei- und ein paar Schritte weitergehuscht ist, deutet aufgeregt auf eine Reihe runder, tief eingedrückter Spuren im Boden. Sie sind groß wie Suppenteller, rechts und links des Weges ist das Geäst zerknickt und entwurzelt, als habe sich kürzlich etwas Riesenhaftes hier entlanggeschoben. »Weg geradeaus nix gut«, ruft der Äffling und kommt mit wedelnden Armen zu dir zurück. »Dort Pyrofant gegangen. Wir Abzweigung nehmen!«

»Pyrofant?«, wiederholst du. »Was soll das sein?«

»Pyrofant schreckliches Biest, groß wie Haus«, erklärt Mobert. »Immer schlecht gelaunt, speien Feuerblitz aus Rüssel. Gefährlichster Bewohner von Wald!«

Obwohl du von einer derartigen Kreatur noch nie etwas gehört hast, lässt du dich von der Unruhe deines Begleiters anstecken. Moberts Vorschlag folgend, wendet ihr euch an der Abzweigung nach rechts. Weiter bei **219**.

191 Du konzentrierst dich auf deine besondere Fähigkeit, und Sekunden später hast du die Buchstaben auf dem Wegweiser entziffert: *Zu Carunnahs Pfuhl*, steht dort, gefolgt von einem uralten Zeichen, das gemeinhin für Gefahr steht. Mit einem skeptischen Blick auf den steinernen Damm beschließt du, lieber auf dem bisherigen Weg zu bleiben. Weiter bei **170**.

192 Mit dem Mut der Verzweiflung schleuderst du dem Ogerhäuptling die Worte entgegen, von denen du hoffst, dass sie ihn versteinern lassen, wie einst Lormonossor der Gierige durch einen Zauberspruch in eine Statue verwandelt wurde. Orguz hält inne und sieht dich verwundert an. Dann hebt er von Neuem sein Hackmesser und stürmt vorwärts. Weiter bei **95**.

193 »Hört, edler Kappa …«, hebst du an. Doch das Zauberwesen lässt sich nicht beirren. Knurrend beendet es den begonnenen Spruch, dann grinst es dich boshaft an. Zunächst verstehst du nicht, worüber sich der Kappa so hämisch amüsiert. Erst, als dein Blick auf deine Arme fällt, aus denen plötzlich büschelweise metallisch glänzende Federn sprießen, dämmert dir, was geschicht! Du willst einen Schrei ausstoßen, aber deine gespaltene Echsenzunge bringt nicht mehr als ein unverständliches Zischen zustande. Die Welt um dich herum wächst ins Riesenhafte, als du zu schrumpfen beginnst. Wenige Augenblicke später windest du dich unter deiner Kleidung und deinem Rucksack hervor und flatterst mit unsicheren Flügelschlägen zu den anderen Papageienechsen in den Baumwipfeln empor – Leidensgenossen, die wie du für den Rest ihres Lebens unter dem magischen Bann des Kappa stehen. Dein Abenteuer ist beendet.

194 Du brichst einen langen Ast von einem der umstehenden Bäume und hackst mit deiner Machete die Seitentriebe ab. Mit diesem Stab sollte sich das Boot auf die andere Seite staken lassen. Du machst es los und schiebst es ins Wasser. Sofort wird es von der Strömung erfasst und nach rechts abgetrieben. Du stößt deinen Stab seitlich der Bordwand ins Wasser – doch er fährt ins Leere. Offenbar ist der Fluss viel tiefer, als du angenommen hattest. **Befrag das Schicksal:** Erhältst du ᛚ, ᛟ, ᛞ, ᚼ oder ᛩ, weiter bei **39**. Ist das Ergebnis ᛉ oder ᛏ, weiter bei **229**, bei jeder anderen Rune bei **166**.

195 Auf der rechten Seite des Pfads kommt ein kantiges Gebilde aus Ziegelsteinen in Sicht. Es ist ein Brunnen mit quadratischem Grundriss, dicht überwuchert von Flechten und Unkraut. An einem Querbalken ist ein Seil mit einem Holzeimer befestigt, die zugehörige Kurbel ist noch intakt. Als du das Gefäß den finsteren Schacht hinablässt und wieder heraufziehst, ist es halb voll mit Wasser. Es sieht ein wenig bräunlich aus, aber nach der stundenlangen Wanderung klebt dir die Zunge wie ein alter Lappen am Gaumen. Du hebst den Eimer, um einen tiefen Schluck zu nehmen, da hältst du erschrocken inne. Im Gestrüpp neben dem Brunnen liegt ein Toter! Du lässt den Eimer sinken und näherst dich mit klopfendem Herzen dem Leichnam. Was, wenn das Bolko …? Doch schnell erkennst du, dass der Tote schon bedeutend länger hier liegen muss als die drei Tage, die dein Vetter Vorsprung hat: Die Haut seines Gesichts ist vertrocknet und wirkt wie mumifiziert. Auf dem Rücken trägt er einen ledernen Rucksack, und einer seiner skelettartigen Arme ragt an der Ummauerung des Brunnens in die Höhe, als habe er im Moment seines Todes noch versucht, sich daran festzuhalten. Es ist unmöglich zu sagen, woran der Mann gestorben ist. Skeptisch starrst du das Wasser in deinem Eimer an. Willst du immer noch deinen Durst damit stillen, weiter bei **108**. Durchsuchst du stattdessen lieber den Rucksack des Toten, weiter bei **8**. Hast du an beidem kein Interesse, kannst du auch ohne Umschweife deinen Weg fortsetzen. Weiter bei **225**.

196 Panisch rennst du zur Vordertür des Küchenhauses und reißt sie auf. **Befrag das Schicksal:** Ist das Ergebnis ᛟ, ᛗ, ᛞ oder ᛰ, weiter bei **131**, bei jeder anderen Rune bei **99**.

197 Du stößt einen gellenden Pfiff aus, um das Affenwesen auf dich aufmerksam zu machen. Es hebt matt den Kopf und sieht zu dir herüber. Du schwenkst mehrmals deine Machete, dann wirfst du sie, den Griff voran, in hohem Bogen quer übers Wasser. Mit angehaltenem Atem verfolgst du die silbrig funkelnde Flugbahn. Im buchstäblich letzten Moment reckt das grüne Geschöpf einen seiner vier Arme und fängt die Machete aus der Luft auf. Hektisch schlägt es damit auf den Tentakel ein, der ihn an der Brust umschlungen hält. Mit zwei kräftigen Hieben ist der Fangarm durchtrennt. Ein blubberndes Grollen erhebt sich aus den Tiefen des

Tümpels, doch das Affenwesen hat seine Chance genutzt und schwimmt schon mit raschen Zügen Richtung Ufer, wo die restlichen Tentakel es nicht mehr erreichen können. Du eilst ihm entgegen und ziehst den Geschwächten an Land, wo du ihn auf ein Kissen aus Gras bettest und deine Machete wieder an dich nimmst. Das Wesen scheint nicht ernstlich verletzt zu sein. Bald öffnet sich in seinem Affengesicht ein einzelnes, großes Auge, mit dem es dich verwundert, aber dankbar ansieht. Dann beginnt es zu deiner Überraschung zu sprechen: »Du Mobert retten vor Tentakulon! Mobert tief in deiner Schuld. Er dich mitnehmen in Dorf von Äfflinge!« Das Geschöpf mit Namen Mobert springt auf und ergreift deine Hand. Du siehst keinen Grund, dem dankbaren kleinen Kerl nicht zu folgen. Weiter bei **50**.

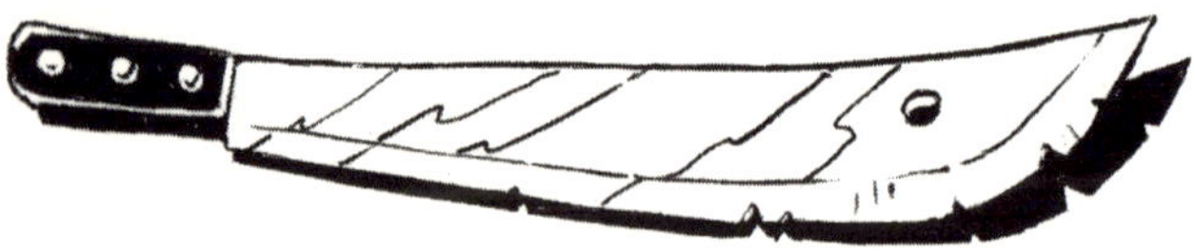

198

Auf der linken Seite des Pfads kommt ein dreieckiger Brunnen aus verwitterten Mauersteinen in Sicht. Du trittst heran und spähst über den moosbewachsenen Rand, doch außer undurchdringlicher Schwärze ist nichts zu erkennen. Da ertönt aus der Tiefe plötzlich eine geisterhaft hallende Stimme:

Gruß sei dir! Wirf Gold in mich,
Sodann mit Glück verseh ich dich.

Als du dich überrascht zu deinem Begleiter umwendest, siehst du, dass Mobert stehen geblieben ist und entschieden den Kopf schüttelt. »Brunnen nix gut«, erklärt er. »Alter, gieriger Geist unten sitzen, nur auf Gold von ahnungslosen Wanderern aus.« Du dankst dem Äffling für seinen Rat, lässt von dem sonderbaren Brunnen ab und marschierst weiter nach **100**.

199 Bevor du irgendwie reagieren kannst, flammt erneut ein grelles, weißes Licht auf, keinen Steinwurf mehr von dir entfernt. Geblendet von dem unerklärlichen Blitz schaust du hoch – und erhaschst einen kurzen Blick auf einen haushohen, grauen Schatten, der unter ohrenbetäubendem Trompeten zwischen den Bäumen hindurch auf dich zuprescht. Rasch machst du kehrt und rennst durch das Dickicht zurück in die Richtung, wo du die Lagerstatt und den Pfad vermutest. Zweige peitschen dir ins Gesicht, Dornen zerren an deinen Kleidern. Aus dem Augenwinkel nimmst du wahr, wie es jetzt auch an anderen Stellen zwischen den Stämmen unheilvoll aufblitzt... Wo ist bloß der verflixte Pfad geblieben? Zwischen all den Bäumen hast du in der Hektik jegliche Orientierung verloren! Zwar bleiben das Tröten und die Lichtblitze bald hinter dir zurück, aber als du irgendwann atemlos gegen die raue Rinde eines Baums sinkst, musst du dir eingestehen, dass du dich hoffnungslos verirrt hast. Für eine schier endlose Zeitspanne bahnst du dir mit der Machete einen Weg quer durch das widerspenstige Grün, bis es vor dir endlich wieder ein wenig heller wird. Erleichtert trittst du auf einen verwilderten Trampelpfad hinaus. Weiter bei **68**.

200 Nach einer guten Stunde taucht rechter Hand eine Öffnung im Dickicht auf – ein neuer Pfad, kaum schmaler als der bisherige. Geradeaus kannst du zahlreiche runde, tief eingedrückte Spuren im Boden ausmachen, Abdrücke groß wie Suppenteller. Geäst und Buschwerk beiderseits des Pfads sind zerknickt und entwurzelt – offenbar hat sich kürzlich etwas Riesenhaftes einen Weg hier entlang gebahnt. Möchtest trotz dieser beunruhigenden Anzeichen geradeaus weitermarschieren (weiter bei **78**), oder ziehst du es vor, der Abzweigung nach rechts zu folgen (**219**)?

201 Offenbar wissen die Äfflinge nicht recht, was sie von dir halten sollen. Als wenig später die Dämmerung hereinbricht, bringt dich die Stadtwache in eine leerstehende Hütte, wo du die Nacht verbringen darfst. Doch niemand traut sich, mit dir zu reden, folglich kannst du auch nicht in Erfahrung bringen, ob die Affenwesen etwas über den Verbleib deines Vetters wissen. Weiter bei **178**.

202 In rasender Eile rennt ihr die Stufen hinauf zum Ausgang. Ihr seid noch nicht richtig draußen, als erneut das hohe Pfeifen ertönt, dann schießen schlangenartige Äste von rechts und links auf euch zu. Wild schwingst du die Fackel, und erneut gelingt es dir, die gierig grapschenden Baummonster zurückzudrängen. Unbeschadet erreicht ihr den Rand der Lichtung. »Es kann nicht mehr weit sein zum südlichen Ende des Forstes«, rufst du und stürmst über einen breiten Pfad voran. »Wenn wir uns beeilen und deine Gastgeber uns nicht erwischen, erreichen wir den Waldrand, bevor der Morgen graut.«
»Hoffentlich«, keucht Bolko und wirft ängstliche Blicke in das finstere Dickicht zu beiden Seiten des Weges. »*Mir*

graut es nämlich auch. Und zwar wenn ich daran denke, was diese Kerle mit mir vorhatten!«
Eine ganze Weile folgt ihr dem Pfad durch den nächtlichen Wald. Immer wieder lassen euch knirschende oder knackende Laute erschrocken zusammenzucken. Doch entweder stammen sie nicht von gefährlichen Tieren, oder der Schein deiner Fackel schreckt die nächtlichen Räuber ab. Schließlich hältst du den Abstand zum Tempel für groß genug und gestattest euch ein etwas gemächlicheres Tempo. Du kannst es selbst nicht recht glauben: Bolko ist gerettet, und ihr seid beide gesund und munter! Vor deinem geistigen Auge malst du dir eure Rückkehr ins heimische Roog aus, den Empfang durch eure Eltern, die Verwandtschaft, Freunde und Schulkameraden … Ein lautes Krachen reißt dich jäh aus deinen Fantasien. Ein Baum ist quer über den Pfad gestürzt, keine fünf Schritte vor euch. Sekunden später springen sechs riesenhafte Gestalten in Lendenschurzen vor und hinter euch auf den Weg, schwere Keulen in den Händen – Oger! »Ich hab euch doch gesagt, dass wir unseren Festtagsbraten noch einholen«, knurrt der Vorderste, allem Anschein nach der Anführer des Trupps. »Ihn und die Made, die ihm beim Ausbruch geholfen hat!« Er deutet auf dich.
»Geschätzte Herren«, beginnt Bolko und hebt die Arme. »Ich danke euch für die vorzügliche Bewirtung und die komfortable Unterbringung während der vergangenen Tage. Doch meine Geschäfte erfordern es nun leider, dass

ich in meine Heimat zurückkehre. Ich bin sicher, wir können uns irgendwie darauf verständigen, dass ihr uns unbeschadet gehen lasst, oder?« Er grinst unsicher.

»*Was* hat der Dickwanst gesagt, Luutz?«, grunzt einer der Oger in Richtung seines Anführers. Luutz zuckt die Schultern und befiehlt seinen Gefolgsleuten mit einer herrischen Geste, euch Fesseln anzulegen. Du überlegst blitzschnell: Ihr habt nur eine Chance auf Flucht, wenn es euch gelingt, die Oger irgendwie zu abzulenken. Befindet sich die goldene Krone des Ogerfürsten Lormonossor in eurem Besitz? Wenn ja, weiter bei **171**. Ist dies nicht der Fall, weiter bei **126**.

203 Dir ist etwas mulmig zumute, weil du dir nicht erklären kannst, was die unheimliche Stille zu bedeuten hat. Als du am südlichen Rand der Lichtung einen breiten Pfad entdeckst, beschließt du, die offene Fläche rasch zu überqueren und deine Suche in dieser Richtung fortzusetzen. **Befrag das Schicksal:** Erhältst du ᛚ, ᛟ, ᛏ, ᚠ, ᛞ oder ᛯ, weiter bei **65**, bei jeder anderen Rune bei **139**. Verfügst du über das Talent VERBERGEN, weiter bei **26**.

204 Als du dich der Hütte näherst, öffnet sich die Tür, und ein hagerer, uralter Mann in einer zerlumpten Kutte tritt heraus. Auf seinen Schultern sitzen zwei prächtige bunte Kakadus, und sein langer grauer Bart scheint von merkwürdigem Eigenleben erfüllt: Ohne ersichtlichen Grund bauscht er sich mal hierhin, mal dorthin. Der Alte scheint nicht sonderlich überrascht, in dieser Wildnis auf einen Menschen zu treffen, freundlich winkt er dich heran. Da er keinen gefährlichen Eindruck macht, folgst du seiner Aufforderung. Im Näherkommen stellst du fest, dass in seinem Bart mindestens ein halbes Dutzend kleine Nagetiere umeinanderwuseln – Mäuse, Ratten oder Meerschweinchen. Der Mann bemerkt deinen Blick und sagt milde: »Stör dich nicht an meinen kleinen Freunden. Es sind harmlose Gesellen, die meinen Bart als geeigneten Ort für ihren diesjährigen Nestbau auserkoren haben, mehr nicht.« Er streckt dir eine Hand zum Gruß entgegen. »Mein Name ist Zebulorian. Manche nennen mich auch den Einsiedler, weil ich mich vor langer Zeit freiwillig in die Abgeschiedenheit des Waldes zurückgezogen habe. Wie jeden Wanderer von guter Gesinnung heiße ich dich herzlich in meiner bescheidenen Unterkunft willkommen. Darf ich dir einen Kräutertee anbieten? Du siehst aus, als könntest du einen vertragen.« Du schüttelst Zebulorian die Hand und folgst ihm in seine karg eingerichtete Hütte, wo du an einem klotzigen Tisch Platz nimmst. Während der

Alte sich an einer Feuerstelle zu schaffen macht und Tee bereitet, erzählst du ihm, wer du bist und aus welchem Grund du im Forst von Yorrok unterwegs bist. Dabei fällt dir auf, dass es nicht nur im Bart des Einsiedlers, sondern auch im Innern seiner Behausung vor Tieren nur so wimmelt. Marder laufen im Zickzack über den Boden, und auf einem alten Strohsack, offenbar Zebulorians Bett, liegt ein fetter Dachs und schnarcht vor sich hin. Plötzlich reicht dir jemand von der Seite einen dampfenden Holzbecher voller Tee. Du staunst nicht schlecht, als du feststellst, dass es gar nicht der alte Mann ist, sondern ein Baumschwein, ein grünlich gefärbtes Rüsseltier mit geschickten Händen und einem langen Schwanz. »Ich lebe schon so lange hier, in Eintracht mit den Tieren des Waldes, dass sie mich als einen der ihren akzeptiert haben«, erklärt Zebulorian und lässt sich mit einem zweiten Becher neben dir nieder. »Es ist ein Geben und Nehmen: Meine pelztragenden und gefiederten Freunde dürfen sich an meinen Vorräten laben und meine Behausung für sich nutzen – wenn sie wollen, sogar meinen Bart. Als Gegenleistung erfahre ich von ihnen alles, was sich im Forst zuträgt, noch in den entlegensten Winkeln.«

»Ihr meint, Ihr könnt Euch mit den Tieren unterhalten?«, erkundigst du dich. »Also verfügt Ihr über das Talent der Tiersprache?«

Der Alte nickt beiläufig und pustet in seinen Tee. »Auf diese Weise habe ich erfahren, dass ein Junge, auf den deine Beschreibung zutrifft, vor wenigen Tagen hier im Wald gesehen wurde.«

»Bolko? Das ist ja großartig!«, rufst du. »Dann wisst Ihr sicher auch, wo er jetzt …«

Das Baumschwein, das am anderen Ende des Tisches sitzen geblieben ist, stößt einen quiekenden Laut aus.

»Baddel und ihre Brüder haben vor zwei Tagen beobachtet, wie dein Vetter den Ogern in die Hände fiel, die noch heute in diesem Forst hausen«, übersetzt Zebulorian.

Du schluckst, als du dich an die Ernährungsgewohnheiten der Oger erinnerst. »Was haben diese Bestien mit ihm angestellt? Meint Ihr etwa, er ist …?«

»Gewiss stellt ein wohlgenährter Bursche wie dein Vetter für die stets hungrigen Oger einen verlockenden Appetithappen dar«, erwidert Zebulorian und nimmt einen Schluck Tee. »Die Baumschweine haben mir allerdings berichtet, dass man ihn von ihrer Siedlung fort- und zu einem alten Tempel gebracht hat, ein Stück südlich von hier, wo man ihn einschloss. Seither ziehen viermal täglich Oger mit Nahrungsmitteln zu besagtem Tempel.«

Du hebst die Brauen. »Ihr meint, sie *füttern* ihn?«

»Mästen dürfte der passendere Ausdruck sein«, verbessert Zebulorian betrübt. »Du musst wissen, in wenigen Tagen feiern die Oger anlässlich der Halbmondwende ein großes Fest. Ich vermute, dass Orguz, ihr Anführer, sich deinen Vetter zum Festtagsbraten auserkoren hat. Damit ihm keiner seiner zügellosen Untergebenen den Leckerbissen wegschnappt, hat er ihn an einen Ort fern des Dorfes bringen lassen, wo er ihm bis zum großen Tag fürstlich auftischen lässt, damit er möglichst viel Gewicht zulegt.«

»Dieser Tempel«, bringst du krächzend hervor. »Was hat es damit auf sich?«

»Es handelt sich um eine uralte Begräbnisstätte, in der vor gut 800 Jahren die Gefolgsleute Lormonossors die sterbliche Überreste des Ogerfürsten beisetzten. Angeblich soll der Tempel aber noch weitaus älter sein und dem Gierigen schon zu Lebzeiten als Versteck für all die Schätze gedient haben, die er auf seinen blutigen Raubzügen zusammentrug.«

»Der Ogerfürst hat seine Schätze im Tempel versteckt?« Du schlägst dir mit der Hand vor die Stirn. »Dann sitzt Bolko jetzt auf den Kostbarkeiten, die er so eifrig gesucht hat, und kann mit all dem Gold und dem Geschmeide nicht das Geringste anfangen?«

»Ich glaube nicht, dass er tatsächlich *auf* Lormonossors Schätzen sitzt«, wendet Zebulorian ein. »Bestenfalls in ihrer Nähe, und vermutlich, ohne das Geringste davon zu ahnen.« Als du ihn fragend ansiehst, deutet er auf seinen raschelnden, quiekenden Bart. »Von meinen Rattenfreunden, deren weitläufige Familie den Tempel seit Generationen bewohnt, weiß ich, dass es im Herzen des Gemäuers einen Geheimraum gibt. Er ist gut getarnt und perfekt abgeriegelt, nicht einmal die flinken Nager vermögen dort einzudringen. Der Zugang ist getarnt, Häupt-

ling Orguz hat ihn bisher nicht aufspüren können. Aber selbst wenn er ihn kennen würde, käme er nicht an die Schätze im Innern heran. Ein ausgeklügelter Schließmechanismus hält die Kammer versiegelt.«
Nachdenklich starrst du in deinen Kräutertee. Du musst Bolko unbedingt dort herausholen! Willst du den Einsiedler nach dem kürzesten Weg zum Tempel fragen, weiter bei **66**. Hältst du es für klüger, dich zunächst nach möglichen Gefahren zu erkundigen, die auf dem Weg lauern könnten, weiter bei **129**. Interessierst du dich mehr für den Geheimraum und seinen Schließmechanismus, weiter bei **93**.

205 Der Aufstieg ist anstrengend, unter anderem, weil du dauernd darauf achten musst, nicht in Bahnen ekliger Spinnweben zu greifen. Endlich erreichst du das Baumhaus. Wie von unten zu erahnen, ist es alt und halb verfallen. Zudem scheint es von Wesen erbaut worden zu sein, die deutlich kleiner waren als du: Die morsche Decke hängt so niedrig, dass du dich im Innern nur geduckt bewegen kannst. Eine dicke Schicht aus Staub, Holzmehl und abgestorbenem Laub bedeckt den Boden. Sie ist unberührt. Hier ist seit Langem niemand mehr gewesen, also auch kein Bolko. Enttäuscht willst du dich wieder an den Abstieg machen, als dir ein eckiger, halb unter Spinnweben verborgener Umriss ins Auge fällt. Es handelt sich um eine hölzerne Truhe, die dem Zahn der Zeit erstaunlich gut widerstanden hat. Als du vorsichtig den Deckel anhebst, schießt eine faustgroße, grün bepelzte Baumspinne heraus und wuselt zwischen deinen Füßen hindurch davon. Vorsichtig klappst du den Deckel weiter auf – und staunst nicht schlecht, als du im Innern der Truhe etwas golden glitzern siehst. Beherzt greifst du zu und förderst insgesamt vier Goldmünzen zutage. Außerdem stößt du auf eine Halskette mit einem runden, steinernen Amulett daran. Auf der Vorderseite des Anhängers ist das Bild eines elefantenähnlichen Tiers eingemeißelt, dessen Rüssel in Flammen zu stehen scheint. Auf der Rückseite wurde die Zahl III eingeritzt. Erfreut verstaust du alles in deinem Rucksack. (Vermerke die Goldstücke, das Amulett sowie dessen exaktes Aussehen auf deinem **Abenteuerblatt**.) Da es hier sonst nichts mehr zu entdecken gibt, kletterst du wieder am Baum hinunter. Möchtest du nun zur letzten Abzweigung zurückkehren und dem dortigen Pfad Richtung Süden folgen (weiter bei **57**), oder marschierst du weiter unter dem hohen, gewölbten Blätterdach entlang (**31**)?

206 So viel Glück du bisher hattest, es ist dir leider nicht ewig hold. Als du um eine Ecke biegst, prallst du unvermutet mit einem riesigen, stinkenden Oger zusammen. Der Koloss grunzt überrascht, dann stößt er einen gellenden Alarmruf aus. Bevor du dich umdrehen und davonrennen kannst, hat er dich mit seinen riesigen Händen gepackt. Deine Schläge und Tritte prallen wirkungslos an ihm ab. Wenige Augenblicke später wird sein Ruf von weiteren Stimmen beantwortet, und ein Trupp Oger mit Speeren und schartigen Äxten in den Händen biegt um die Ecke. »Sieh an, was haben wir denn da?«, knurrt ihr Anführer hämisch. »Ein Eindringling? Warte, du Wurm: In unserem Kerker wird es dir wunderbar gefallen.« Weiter bei **149**.

207 Immer weiter weichen die Bäume auf beiden Seiten des Weges zurück. Der Boden wird schlammiger, bis sich vor dir eine weite, von zähem Dunst verhüllte Ebene auftut. Nur vereinzelt ragen noch Büsche und Baumstümpfe aus dem schwärzlichen Morast, milchig-weiße Nebelschleier nehmen dir die Sicht. Mit erhöhter Vorsicht folgst du dem Pfad zwischen brackigen Wasserlachen hindurch, aus denen dicke Blasen aufsteigen. Wo sie zerplatzen, steigen grünliche, faulig riechende Dämpfe in die Luft. Der Pfad – oder das, was du dafür hältst – schlängelt sich ziellos mal hierhin, mal dorthin. Als du nach einer Weile zum dritten Mal am selben umgestürzten Baum in der Mitte derselben blubbernden Pfütze vorbeikommst, hältst du entmutigt inne. Du hast dich verirrt! Wenn du bloß wüsstest, wo Süden ist, die Himmelsrichtung, in der du von Beginn an unterwegs warst. Dann könntest du einen festen Kurs beibehalten und auf diese Weise aus dieser Einöde hinausgelangen. Aber du weißt es nicht. Oder? Hast du einen Kompass bei dir? Wenn ja, weiter bei **71**, wenn nicht, bei **23**.

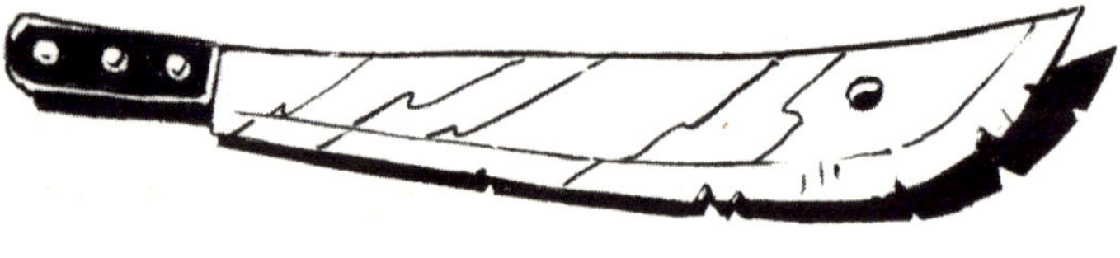

208 Auf der linken Seite des Pfads kommt ein dreieckiger Brunnen aus verwitterten Mauersteinen in Sicht. Du trittst heran und spähst über den moosbewachsenen Rand, doch außer undurchdringlicher Schwärze ist nichts zu erkennen. Als du dich abwenden und weitergehen willst, ertönt plötzlich eine geisterhaft hallende Stimme:

Gruß sei dir! Wirf Gold in mich,
Sodann mit Glück verseh ich dich.

Du blickst dich erschrocken um, doch außer dir ist niemand in der Nähe. Die Stimme muss aus dem Brunnen gekommen sein! Möglicherweise ist er verzaubert. Wenn du ein Goldstück besitzt, könntest du es hineinwerfen, um zu sehen, was passiert (weiter bei **49**). Hast du keines oder willst es nicht opfern, ignorierst du die Stimme und folgst dem Pfad nach **100**.

209

Du beginnst dich bereits zu fragen, ob es eine kluge Entscheidung war, dem Fluss zu folgen, da weitet sich der Pfad plötzlich zu einer halbrunden, freien Fläche. Ganz wie du gehofft hattest, bietet sich hier eine weitere Möglichkeit, auf die andere Seite des rauschenden Stroms zu gelangen: Ein gutes Dutzend abgeflachter Felsbrocken ragt aus den sprudelnden Fluten. Sie bilden eine durchgehende Reihe von einem Ufer zum anderen, die Abstände zwischen den Steinen müssten sich mit ein paar beherzten Sprünge gut bewältigen lassen. Du willst gerade Anlauf nehmen, da stockt dir der Atem: Im flachen Uferbereich sind unzählige faustgroße Fische mit spitzen Zähnen zu erkennen – Piranhas! Du hast gehört, dass diese gierigen Fleischfresser einen Ochsen innerhalb weniger Minuten bis auf die Knochen abnagen können. Noch einmal musterst du die Abstände zwischen den Felsbrocken. Es *müsste* klappen … Du atmest tief durch, machst dich bereit zum Loslaufen. Verfügst du über das Talent KLETTERN? Wenn ja, weiter bei **38**. Besitzt du diese besondere Begabung nicht, **befrag das Schicksal**: Erhältst du ᚼ, ᛉ, ᛏ, ᛗ oder ᛟ, weiter bei **13**. Ist das Ergebnis ᛰ, ᛚ oder ᛞ, weiter bei **85**. Bei einer anderen Rune weiter bei **38**.

210 Nach einer guten Stunde strammen Marschierens wird der Pfad schmaler, und du musst die Machete deines Onkels zu Hilfe nehmen, um dir einen Weg durch wuchernde Farngewächse und verfilzte Ranken zu bahnen, die ihn teilweise überwuchert haben. Schließlich knickt er nach rechts ab und verläuft in südliche Richtung weiter. Mittlerweile läuft dir der Schweiß in Strömen über das Gesicht, daher beschließt du, eine kurze Rast einzulegen. Als du dich keuchend am Fuß eines ausladenden Baums am Wegesrand niederlässt, fällt dir auf, dass sich über dir ein Schwarm außerordentlich schöner Vögel in den Ästen niedergelassen hat, Papageien mit prächtigem, metallisch blau glänzendem Gefieder. Sie scheinen sich schon längere Zeit hier aufzuhalten, der Boden ringsum ist übersät mit schillernden blauen Federn. Wenn du möchtest, kannst du eine Handvoll davon mitnehmen. (Vermerke deinen Fund in diesem Fall auf deinem **Abenteuerblatt**.) Unvermittelt erhebt sich der Schwarm unter merkwürdigen Zischlauten in die Luft. Du schaust genauer hin und stellst fest, dass es sich gar nicht um Vögel, sondern um unterarmlange, gefiederte Echsen handelt. Fasziniert beobachtest du, wie die Tiere zwischen den Baumwipfeln abseits des Pfads verschwinden. Kurz bevor sie außer Sicht geraten, kehrt eine einzelne Papageienechse zurück und dreht über deinem Kopf eine kunstvolle Kurve, wobei sie ein schrilles Fiepen ausstößt. Das Manöver wirkt beinahe so, als wollte das Tier, dass du ihm folgst. Verfügst du über das Talent TIERSPRACHE? Wenn ja, weiter bei **227**. Besitzt du diese besondere Gabe nicht, musst du dich entscheiden, ob du den Pfad verlassen und dem Schwarm durchs Dickicht folgen möchtest. In diesem Fall weiter bei **113**. Ignorierst du die Aufforderung der Echse und bleibst lieber auf dem Pfad, weiter bei **137**.

211 Du prustest und strampelst, doch der Gewalt der eisigen Fluten hast du nichts entgegenzusetzen. Unerbittlich zieht dich die Strömung unter die Oberfläche. Wenig später steigen deine letzten Luftreserven in dicken Blasen vor deinem Gesicht in die Höhe. Schließlich kannst du den Atem nicht länger anhalten. Du atmest ein, gefasst auf den unerträglichen Schmerz, wenn das Flusswasser in deine Lunge eindringt … Aber was ist das? Anstatt durch den Mund Luft zu holen, spürst du plötzlich, wie sich die Poren deiner Haut weiten und den lebensnotwendigen Sauerstoff direkt aus dem Wasser ziehen! Bei der Flüssigkeit, die du am Vortag geschluckt hast, muss es sich um einen magischen Trank gehandelt haben, der einen Menschen in die Lage versetzt, unter Wasser zu atmen – und zum Glück hält seine Wirkung noch an. Im Nu ist der Schwindel verflogen, der dich ergriffen hatte, und wenige Augenblicke später kannst du dich unter Wasser sogar orientieren. Du machst das gegenüberliegende Flussufer aus und tauchst in einer Tiefe, in der die Strömung deutlich schwächer ist als an der Oberfläche, entspannt zur anderen Seite hinüber. Wohlbehalten kletterst du über eine flache Böschung an Land. Du wartest, bis du wieder bei Kräften und einigermaßen trocken bist, dann folgst du einem Pfad, der in südlicher Richtung vom Flussufer wegführt. Weiter bei **114**.

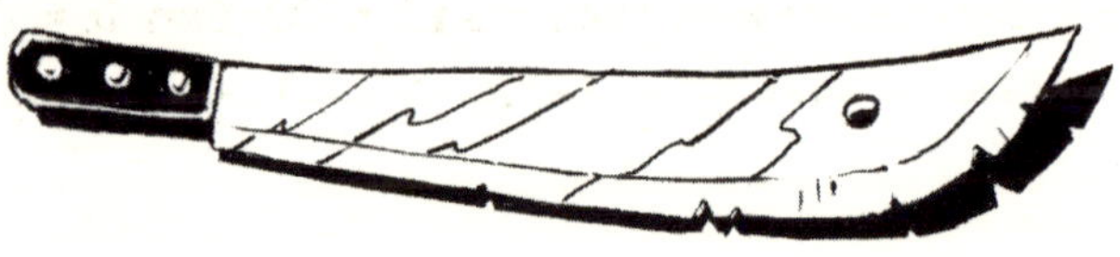

212 So schnell du kannst, drehst du dich um und rennst durchs Dickicht davon. Hinter dir vernimmst du das erregte Zischeln der Papageienechsen, dann einige rasch hervorgestoßene, kehlige Worte, als der Kappa zu einem neuen Zauberspruch ansetzt. **Befrag das Schicksal:** Ist das Ergebnis ᚼ oder ᚢ, weiter bei **11**, erhältst du eine andere Rune, bei **124**.

213 Du stolperst in eine winzige Zelle, die nichts enthält außer einem alten Strohlager. Bevor die Tür hinter dir zufällt, siehst du, wie der fette Gefängniswärter sich draußen einen Hocker zurechtrückt. Ein Riegel wird vorgeschoben, dann hörst du, wie sich Murzak ächzend vor der Zelle niederlässt. Offenbar will er persönlich darüber wachen, dass du nicht entwischst. Entmutigt lässt du dich auf das feuchte Stroh fallen, wobei du den fauligen Geruch ignorierst, den es verströmt, und überdenkst deine Lage: Das winzige Fenster der Zelle ist vergittert, der einzige Weg nach draußen führt an dem Oger im Flur vorbei. Freiwillig wird er dich jedoch kaum gehen lassen, und in einem Kampf hättest du keine Chance gegen ihn, selbst wenn du irgendwie die Tür aufbekämst. Aber wie sähe es mit Bestechung aus? Möglicherweise schätzt der tumbe Kerl Bares höher als die Treue gegenüber seinem Häuptling? Hast du im Verlauf deines Abenteuers Goldmünzen gefunden, könntest du versuchen, dir deine Freiheit damit zu erkaufen (weiter bei **56**). Besitzt du keine, bleibt dir nichts anderes übrig, als abzuwarten, was die Oger mit dir vorhaben. Weiter bei **87**.

214 In Sekundenschnelle hüllt die summende Wolke dich ein. Mit verkniffenem Gesicht wartest du auf die ersten schmerzhaften Stiche … doch nichts passiert! Als du vorsichtig ein Auge öffnest, siehst du, dass die Hornissen gut eine Armeslänge über dir in der Luft schweben. Kein einziges Insekt macht Anstalten, dich zu stechen. Du atmest auf. In dem süßlich duftenden Sekret der dickblättrigen Pflanze muss ein Stoff enthalten gewesen sein, der Insekten abwehrt. Die Hornissen können dich im wahrsten Sinne des Wortes »nicht riechen«. Vorsichtig setzt du dich wieder in Bewegung, und schon bald bleibt der gefährliche Schwarm hinter dir zurück. Weiter bei **154**.

215 Du folgst einer schattigen Gasse, bis sie ein Stück weiter auf den Platz stößt, den du von Weitem gesehen hast. In seiner Mitte ragt ein großer Brunnen mit sechseckigem Grundriss in die Höhe, ringsherum erheben sich geweißte Holzhäuser. Erschrocken stellst du fest, dass der Dorfplatz im Gegensatz zu den Randbereichen der Siedlung rege bevölkert ist. Dutzende riesenhafter Gestalten halten sich hier auf, handeln oder unterhalten sich knurrend, etwas weiter spielt eine Gruppe Oger ein primitives Spiel mit mehreren großen und einem winzig kleinen Felsbrocken. Hastig springst du rückwärts in den schützenden Schatten der Gasse zurück und schickst ein lautloses Stoßgebet gen Himmel, dass dich keines der Ungetüme gesehen hat. Verfügst du über das Talent VERBERGEN? Wenn ja, weiter bei **45**, wenn nicht, bei **121**.

216 Zielstrebig marschiert dein einäugiger Begleiter auf einen der riesigen Bäume zu. Aus einem Astloch zieht er das ausgehöhlte, gewundene Horn eines großen Tiers zutage und setzt es an die Lippen. Ein durchdringendes Tröten durchschneidet die Luft. Grinsend wendet sich der Äffling dir zu. »Nix haben Angst! Dies Siedlung meines Volkes. Dich bringen zu Dorfältestem.« Kurz darauf setzt einer der Bambuskörbe neben euch auf dem Boden auf. Ihr klettert hinein und werdet ruckelnd nach oben gezogen. Als ihr auf der hölzernen Dorfplattform ankommt, seid ihr sogleich umringt von Dutzenden Äfflingen, die dich neugierig in Augenschein nehmen. Weiter bei **111**.

217 Erst als sich dein Fuß bereits auf die Laubschicht senkt, merkst du, dass hier etwas nicht stimmt. Zu spät! Schreiend stürzt du in die Tiefe, versuchst vergeblich, irgendwo Halt zu finden. Ehe du dichs versiehst, liegst du am Grund einer gut drei Meter tiefen Grube. Wie durch ein Wunder unverletzt, rappelst du dich auf. Wer mag diese Falle angelegt und ihre Öffnung so hinterhältig mit Laub und Ästen getarnt haben? Die Antwort erhältst du wenig später, als über dir schwere Schritte laut werden. Ein breites, hässliches Gesicht schiebt sich über den Grubenrand und glotzt neugierig zu dir herunter. »Ho, ho«, knurrt eine tiefe Stimme.

Dein Herz sinkt, als du die spitz zugefeilten Zähne im Mund des Wesens erblickst. Kein Zweifel. Dieses Geschöpf ist ein leibhaftiger Oger! »Bei Grunak! Da ist dem alten Brugaz das Jagdglück zur Abwechslung einmal hold«, freut sich der Koloss. Er streckt einen baumdicken Arm zu dir herab und hievt dich so spielerisch aus der Grube, als wärst du ein Kaninchen. In Sekundenschnelle fesselt er dir die Hände auf dem Rücken, dann wirft er dich wie einen Sack über seine Schulter und stapft mit Riesenschritten in südliche Richtung davon. Wenig später taucht vor euch eine Wand aus fest vertäuten, angespitzten Baumstämmen auf. Dein Entführer trägt dich durch ein großes Tor, hinter dem sich eine Siedlung aus primitiven, weiß gekalkten Holzhütten anschließt. Rasch seid ihr von weiteren Ogern umringt, denen Brugaz freudig seine Jagdbeute präsentiert. Einer seiner Kumpane deutet auf ein längliches Gebäude ganz in der Nähe, dessen Fenster mit dicken Bambusstäben vergittert sind. Weiter bei **149**.

218 Die Flüssigkeit schmeckt nach gar nichts, und mit einem einzigen Schluck trinkst du sie aus. Nichts passiert. Worum es sich auch gehandelt haben mag, es scheint keine Auswirkungen auf dein körperliches Befinden zu haben. Vermerke dir auf deinem **Abenteuerblatt**, dass du den Inhalt einer grünen Phiole getrunken hast, dann setze deinen Weg bei **50** fort.

219 Bald taucht linker Hand erneut eine Unterbrechung im endlosen Einerlei des Unterholzes auf. Ein enger Pfad, gerade breit genug für eine Person, zweigt hier ab. Er führt in einem steilen Gefälle mehrere Meter abwärts und dann als schattiger Hohlweg zwischen bröckeligen Erdwänden hindurch Richtung Süden. *Das reinste Grab*, denkst du. *Wie geschaffen für einen Hinterhalt. Nur ein Volltrottel würde dort entlangmarschieren … ein Volltrottel wie Bolko?* So unbehaglich dir bei dem Gedanken auch ist – sollte dein Vetter tatsächlich hier vorbeigekommen sein, wäre nicht auszuschließen, dass er auf seiner Suche nach dem Ogerschatz diese unheilverkündende Route eingeschlagen hat. Möchtest du das herausfinden und wendest dich ebenfalls nach links, weiter bei **242**. Hältst du deinen Vetter für klug genug, einen derart gefährlichen Weg zu meiden, und gehst stattdessen geradeaus weiter, weiter bei **147**.

220 Es kostet dich einige Mühe, doch schließlich beginnt der dicke Knauf, sich zu bewegen. Nach einer Vierteldrehung ertönt im Innern des Steintors – oder besser: irgendwo *darüber* – ein Knirschen, als ob ein uralter, schwergängiger Mechanismus sich in Bewegung setzen würde. Während du darauf wartest, dass sich das Tor öffnet, vergewisserst du dich mit einem raschen Blick über die Schulter, dass die Arme der Baummonster nach wie vor einen sicheren Abstand zu dir und deiner Fackel einhalten … Es ist das Letzte, was du in diesem Leben siehst. Eine Sekunde später hat sich das tonnenschwere steinerne Vordach des Tempels donnernd auf dich herabgesenkt und dich zu Mus zerquetscht. Du hast die falsche Wahl getroffen! Dein Abenteuer findet ein überraschendes, schmerzhaftes Ende.

221 Rasch bleibt das riesige Tier hinter dir zurück. Während du tiefer und tiefer in den Wald vordringst, fragst du dich, ob dein Vetter wohlauf ist. Wie mag es Bolko auf seinem Weg durch den Forst ergangen sein? Ist er überhaupt noch am Leben? Er mag ein unverschämter Kerl und ein Gierschlund sein, dennoch stellst du fest, dass dir wohler zumute wäre, wenn er jetzt an deiner Seite wäre. In diesem Moment tut sich eine Abzweigung im Dickicht zu deiner Linken auf: Ein Pfad, kaum breiter als der bisherige, führt durchs Unterholz davon. Geradeaus scheinen sich die Bäume mehr und mehr zu lichten, der Boden macht einen weichen, matschigen Eindruck. Schlägst du die Abzweigung ein, um auf festem Untergrund zu bleiben (weiter bei **115**), oder gehst du unerschrocken geradeaus weiter (**207**)?

222 Die Oberfläche des Altars ist übersät mit fremdartigen Symbolen und verwitterten Malereien. Vorsichtig betastest du die Vorsprünge auf der Vorderseite. Es sind tatsächlich Griffe. Die zugehörigen Schubfächer, ebenfalls aus Granit, sind seit Jahrzehnten, vielleicht Jahrhunderten nicht mehr geöffnet worden.

Mit der Machete kratzt du die Flechten aus den Ritzen und versuchst, eins davon aufzuzerren. Doch die Lade ist hoffnungslos verkantet und rührt sich keinen Millimeter. Wütend ruckst du weiter. Nach einer Weile beginnt Staub aus den Ritzen hervorzurieseln. Schließlich, als du noch einmal mit ganzer Kraft zupackst, rutscht die Lade unter erbärmlichem Knirschen eine Handbreit vor! Du greifst in den Spalt und ertastest im Innern eine Kette mit einem Anhänger, die du herausholst. In die Vorderseite des rundlichen Amuletts ist eine wolfsähnliche Kreatur mit sechs Beinen eingeritzt, die Rückseite wird von der Zahl I geziert. Zufrieden steckst du deinen Fund ein. (Vermerke das Amulett und sein exaktes Aussehen auf deinem **Abenteuerblatt**.) Urplötzlich kracht ein kopfgroßer Felsbrocken neben dir ins Gras! Erschrocken wirbelst du herum. Ein zweiter Stein, dicker und schwerer als der erste, donnert ganz in der Nähe zu Boden. Niemand anders als einer der bunten Falter kann ihn geworfen haben – die riesigen Insekten lesen Steine vom Boden auf und lassen sie aus großer Höhe herabfallen! Schaudernd wird dir klar, dass es sich bei diesen Geschöpfen um Zerschmetterlinge handeln muss, gefürchtete fliegende Räuber, die ihre Beute aus der Luft erschlagen und ihnen anschließend mit ihren Rüsseln das Blut aussaugen. Du musst weg hier, und zwar sofort! Haken schlagend rennst du die Hügelflanke hinunter. Unten angekommen, verbirgt dich das Blätterdach der Bäume vor den Blicken

der Zerschmetterlinge, der Steinhagel hört auf. Haben sie die Verfolgung aufgegeben? Unsicher überlegst du, ob du dem nach Süden führenden Pfad folgen sollst (weiter bei **32**) oder lieber dem nach Westen (**208**).

223

Im Handumdrehen bist du durch das Dickicht hindurch und stapfst mit schmatzenden Schritten am feuchten Ufer des Tümpels entlang. Je weiter du kommst, desto deutlicher kannst du plätschernde Geräusche und ein unterdrücktes Keuchen und Fauchen vernehmen, als würde ganz in der Nähe ein erbitterter Kampf ausgetragen. Schließlich siehst du durch den Schilf, was im Wasser vor sich geht: Nicht weit vom Ufer entfernt setzt sich ein kindsgroßes Wesen mit grünem Fell verzweifelt gegen mehrere bräunliche Tentakelarme zur Wehr, die aus dem Wasser ragen und versuchen, es in die Tiefe zu zerren. Das affenartige Geschöpf scheint am Ende seiner Kräfte. Es stößt einen letzten quietschenden Hilferuf aus, dann erschlafft es im Griff des krakenartigen Monstrums. Rasch siehst du dich um und überlegst, was du unternehmen könntest. Nicht weit entfernt von der Stelle, wo die beiden ungleichen Gegner miteinander ringen, erhebt sich ein mächtiger Baum, von dessen weit über den Tümpel reichenden Ästen lange Lianen hängen. Wenn du dich an einer davon über das Wasser schwingen würdest, könntest du das Affenwesen möglicherweise packen und dem Griff seines Gegners entreißen. Möchtest du dies versuchen, weiter bei **103**. Alternativ könntest du dem grün bepelzten Geschöpf deine Machete zuwerfen, damit es sich damit gegen das Monstrum im Wasser wehren kann. In diesem Fall weiter bei **197**. Möchtest du dich lieber nicht in diese Auseinandersetzung einmischen, kannst du auch zum Pfad zurückkehren und diesem nach **50** folgen.

224

Mit angehaltenem Atem setzt du das dritte Amulett in den vorgesehenen Hohlraum. Für einen kurzen Moment herrscht Totenstille. Dann kommt unter lautem Rumpeln plötzlich Bewegung in die Mauer. Aus unsichtbaren Ritzen wölkt feiner, grauer Staub, die Wand versinkt im Boden und gibt den Blick frei auf den dahinterliegenden Raum. Geblendet kneifst du die Augen zusammen. *Wie kommen denn Hunderte brennende Fackeln in eine seit Jahrhunderten verschlossene Kammer?*, fragst du dich verwirrt, dann begreifst du, dass das funkelnde Licht vor dir lediglich der Widerschein der Fackel ist, die du in der Hand hältst – tausendfach reflektiert von Bergen aus Gold und Edelsteinen! Mit einem ungläubigen Quieken stürzt Bolko vorwärts, und du beeilst dich, ihm in die Schatzkammer zu folgen. Die Reichtümer, die Lormonossor der Gierige vor seinem Tod hier zusammengetragen hat, übertreffen alles, was du je gesehen hast: Goldmünzen stapeln sich in riesigen Truhen, brillantenbesetzte Pokale aus edlen Metallen türmen sich bis unter die Decke. Du siehst Zepter, Kelche und Schüsseln aus purem Gold, im Hintergrund Berge von rot funkelnden Rubinen, grün schillernden Smaragden und anderen Edelsteinen, deren Namen du nicht kennst. Jauchzend lässt sich Bolko geradewegs in einen Haufen Goldstücke plumpsen. »JUCHHEEEE!«, brüllt er und wirft Geschmeide und Edelsteine in die Luft, sodass sie auf seinen Kopf und seinen dicken Bauch prasseln. »Der Schatz der Oger – und *ich* habe ihn entdeckt!« Du verzichtest darauf, ihn daran zu erinnern, dass keineswegs er es war, der diese Geheimkammer mithilfe seiner Amulette geöffnet hat. Stattdessen siehst du besorgt zu, wie sich dein Vetter sämtliche Taschen seines Fracks mit Münzen, Juwelen und Gold vollstopft. Als nirgends mehr auch nur das kleinste Fitzelchen hineinpasst, lädt er sich einen dicken

Sack Saphire auf die Schulter und bedeutet dir mit einem Kopfnicken, dir einen noch schwereren zu greifen, der mit weiteren Kostbarkeiten gefüllt ist. »Schnapp dir, was du tragen kannst! Wir werden als reiche Leute nach Roog zurückkehren.«

»Ich fürchte, wir werden *überhaupt nicht* nach Hause zurückkehren«, erwiderst du und deutest erst auf Bolkos ausgebeulte Taschen, dann auf sein Gesicht, das vor Anstrengung bereits jetzt knallrot angelaufen ist. »Mit dieser Last kämen wir nur noch im Schneckentempo voran – und das höchstens ein paar Steinwürfe, bevor uns deine ›freundlichen Gastgeber‹ eingeholt hätten. Was glaubst du wohl, was dann passiert?«

Bolko starrt dich entgeistert an. Der Sack rutscht ihm von der Schulter und fällt zu Boden. »Aber wir können diese Kostbarkeiten doch nicht einfach zurücklassen«, greint er. »Soll Bolko der Große sein Leben etwa gänzlich umsonst riskiert haben? Das darf nicht sein!«

Du stößt einen Seufzer aus. »Du musst ja nicht alles zurücklassen. Aber wie wäre es, wenn du etwas Handliches, Leichtes mitnehmen würdest, das uns auf unserer Flucht weniger behindert? Bestimmt findest du etwas von ausreichendem Wert, damit sich diese Expedition doch gelohnt hat.«

Bolkos Mondgesicht beginnt zu strahlen. »Natürlich: die Krone des Ogerfürsten! Sie ist kostbarer als der ganze andere Kram zusammen.« Eilig kraxelt er über Berge aus

Reichtümern hinweg, wobei er die zuvor gesammelten Beutestücke wieder aus seinen Taschen purzeln lässt. »Sie muss hier irgendwo … *ha!* Das ist sie!« Schwer atmend streckt dir dein Vetter seinen Fund entgegen. Sofort weißt du, dass er recht hat: Dies muss die Krone von Lormonossor dem Gierigen sein! Nie zuvor hast du derart filigran gearbeitetes Gold gesehen oder so lupenreine, kunstvoll geschliffene Diamanten, in denen sich das Licht der Fackel in allen Farben des Regenbogens bricht. Mühsam reißt du deinen Blick von dem unvergleichlichen Anblick los. Du gestattest Bolko, die Krone in einen hastig geleerten Sack zu stecken und mitzunehmen, dann zerrst du ihn hinter dir her in Richtung Treppe. Weiter bei **202**.

225

Du gelangst in einen Bereich, wo exotische Blüten in allen Regenbogenfarben die Büsche rechts und links des Pfads zieren. Etwas Vergleichbares hast du noch nie gesehen, und staunend bewunderst du ihre Schönheit. Über der verschwenderischen Farbenpracht übersiehst du beinahe eine Abzweigung, die sich zwischen den Blüten zu deiner Linken verbirgt. Die Bäume in dieser Richtung sind deutlich höher gewachsen als bisher, ihre Kronen vereinen sich hoch droben zu einer Art Dach, wie bei einer Kathedrale. Geradeaus, in deiner bisherigen Marschrichtung, scheint es in der Ferne heller zu werden, was auf eine Lichtung oder freie Fläche hindeuten könnte. Möchtest du nach links, in den neuen Pfad einbiegen (weiter bei **248**) oder lieber auf dem bisherigen Weg bleiben (**3**)?

226 Während der Oger näherkommt, überlegst du angestrengt, wie du das Ungetüm überwältigen könntest. In einem direkten Kampf hättest du nicht die geringste Chance, nicht einmal bei einem Angriff aus dem Hinterhalt. Aber vielleicht findet sich in deinem Rucksack ja etwas Hilfreiches? Was förderst du daraus zutage? Einen silbernen Wurfstern (weiter bei **177**)? Einen kleinen Beutel aus dünnem, pergamentartigem Material (**150**)? Hast du nichts von beidem, hältst du es für das Klügste, dich still zu verhalten, bis der Koloss vorübergetappt ist. Weiter bei **128**.

227 Konzentriert lauschst du dem Zischen der Papageienechse. Dank deiner besonderen Gabe gelingt es dir, den Sinn hinter den Lauten zu verstehen. So verführerisch ihr Gefieder auch leuchtet und so schwungvoll sie über dir kreist – die Echse fleht dich an, dich von ihr und ihren Artgenossen fernzuhalten! Wie sie sagt, steht sie unter dem Bann eines bösen Wesens mit magischen Kräften, das sie und ihre Artgenossen dazu missbraucht, ahnungslose Wanderer anzulocken und anschließend zu verzaubern. Dankbar, dass dich dein Talent vor einer großen Gefahr bewahrt hat, lässt du das hübsche Tier von dannen flattern und folgst dem Pfad in die bisherige Richtung. Weiter bei **137**.

228 Du biegst gerade um eine weitere Treppenwindung, als du weit, weit unter dir ein dumpfes Rumoren vernimmst. Einen Augenblick später erbebt der Turm in seinen Grundfesten, dann rast etwas mit ohrenbetäubendem Brüllen aus der Tiefe nach oben. Panisch machst du kehrt und rennst die Stufen wieder hinauf. Doch du bist zu langsam: Auf halbem Weg wirst du von einer kochend heißen, halbflüssigen Masse überrollt und unbarmherzig mitgerissen. Der Turm muss so tief eingesunken sein, dass sein Fundament eine vulkanische Quelle angestochen hat. Wie bei einem Geysir werden nun Unmassen kochenden Schlamms durch das Treppenhaus in die Höhe geschleudert – und du mit ihnen! Glücklicherweise verlierst du durch die mörderische Hitze schon nach wenigen Augenblicken das Bewusstsein. So bleibt dir erspart mitzuerleben, wie du mitsamt einer gewaltigen Schlammfontäne aus dem Turm gepresst und hoch in den Himmel geschleudert wirst. Den anschließenden Sturz zurück zu Boden überlebst du nicht. Du endest mit zerschmetterten Knochen in einer blubbernden Morastpfütze.

229 Notgedrungen benutzt du deinen Stab als Paddel, und wie durch ein Wunder gelingt es dir, das Boot sicher durch die tosenden Wassermassen ans andere Ufer zu manövrieren. Erleichtert springst du von Bord – im allerletzten Moment: Mit einem müden Knacken fallen die morschen Planken des Bootes auseinander und werden sogleich von den Fluten des Golch davongespült. Achselzuckend wirfst du den Ast hinterher und siehst dich um. Direkt vor dir führt ein schmaler Pfad in südliche Richtung vom Flussufer fort. Du beschließt, ihm zu folgen. Weiter bei **114**.

230 Mit zitternden Händen schiebst du den Riegel beiseite und ziehst die Tür auf. Nach wenigen Augenblicken haben sich deine Augen an das schattige Zwielicht in der fensterlosen Zelle gewöhnt … und dir wird klar, dass du einen furchtbaren Fehler begangen hast: Vor dir steht eine gewaltige, halbnackte Gestalt mit Armen, dick wie Baumstämme! Entsetzt starrst du in ein breites Pfannkuchengesicht, aus dem dich ein Maul mit spitzgefeilten Zähnen böse angrinst. Im nächsten Augenblick stürzt sich der Oger auf dich! Zwar hat man ihm in seiner Zelle keine Waffen gelassen, zu deinem Unglück handelt es sich jedoch um einen Zeitgenossen, der ausgerechnet wegen Gewalttätigkeit und übermäßiger Gefräßigkeit hier einsitzt, und beides will unter Ogern etwas heißen. Im Handumdrehen liegst du am Boden, der Koloss auf deiner Brust. Du hörst Knochen knacken – *deine* Knochen – und das gierige Keuchen des Menschenfressers dicht an deinem Ohr. Rasch ist alles vorüber. Dein Abenteuer endet im Magen eines hungrigen Ogers im Forst von Yorrok.

231 Mit knirschenden Schritten trittst du unter dem halbrunden Portal hindurch und hältst wachsam inne. Es dauert mehrere Minuten, bis sich deine Augen an das wesentlich schwächere Licht gewöhnt haben, dann kannst du im Schein einiger spärlicher Leuchtmoos-Flecken die Umrisse eines kleinen, runden Raumes ausmachen. In der Mitte ragt ein kantiger Schatten auf, dem du dich neugierig näherst. Es handelt sich um einen reich verzierten Stuhl aus massivem Stein, in dessen Lehne unzählige kleine Symbole eingemeißelt sind. Im Halbdunkel ertastest du Sonnen, lachende Gesichter, züngelnde Flammen und Ähnliches mehr. Als deine Finger über die Sitzfläche gleiten, stößt du auf vier runde, kalte Objekte – Goldmünzen. Erfreut steckst du sie in deinen Rucksack (vermerke deinen Fund auf deinem **Abenteuerblatt**), bevor du dir Gedanken über den Stuhl machst. Ob er möglicherweise verzaubert ist? Du hast von magischen Stärkungsstühlen gehört, die denjenigen, der sich darauf niederlässt, innerhalb weniger Minuten von Erschöpfung befreien und sogar Verletzungen heilen können. Entscheidest du dich dafür, dich auf den Stuhl zu setzen, weiter bei **176**. Verzichtest du darauf, kannst du entweder der Wendeltreppe weiter in die Tiefe folgen (**105**) oder zurück nach oben steigen, den versunkenen Turm verlassen und dem Pfad folgen (**245**).

232 Angespannt schleichst du zwischen den Wänden des Hohlwegs hindurch. Dir ist nicht wohl dabei, durch eine enge Röhre zu marschieren, ständig der Gefahr ausgesetzt, dass jemand dich von oben angreifen könnte. Wie aufs Stichwort hörst du plötzlich das Rieseln von Erde, gefolgt von einem markerschütternden Heulen. Du reißt den Kopf in die Höhe – und starrst in die glühenden Augen eines Rudels tiefschwarzer, wolfsähnlicher Kreaturen, die über dir, zu beiden Seiten des Hohlwegs, aufgetaucht sind! Es sind gedrungene Tiere mit sechs muskulösen Beinen, aus deren Rücken armlange, spitze Stacheln ragen. Knurrend setzt die erste Bestie zum Sprung an … Da tritt plötzlich Mobert der Äffling neben dich. Aus einem Beutel, den er über der Schulter trägt, zieht er ein zur Pfeife zurechtgeschnitztes Stück Bambusrohr. Kräftig pustet er hinein, allerdings ist kein Ton zu hören. Dafür erklingt vom Rand des Hohlwegs jetzt ein erbärmliches Winseln, und eure Angreifer treten mit eingeklemmten Schwänzen den Rückzug an! Entgeistert siehst du den Äffling an, der in aller Seelenruhe seine Pfeife zurück in den Beutel steckt. »Stachelwolf nicht mag hohen Ton«, erklärt er, über sein ganzes einäugiges Affengesicht grinsend. »Du froh sein, dass nicht können hören. Nix klingen schön.« Behände setzt er sich wieder in Bewegung, und du beeilst dich, ihm zu folgen. Schon bald steigt der Weg an, bis ihr schließlich wieder auf einem ganz normalen Wildpfad unterwegs seid. Weiter bei **40**.

233

Der Pfad stößt auf einen anderen, der quer zu deiner bisherigen Marschrichtung verläuft. Auf der gegenüberliegenden Seite dieser T-Kreuzung steht ein schmales Zelt aus Bahnen bunt bemalten Leders, die um hohe, aneinandergelehnte Holzstangen gewickelt sind. Zögernd trittst du auf den Querweg, als unvermittelt eine Frau ihren Kopf aus einer Öffnung des Zelts steckt. Sie sieht uralt aus, ihr Gesicht ist von Runzeln und Falten gezeichnet, und ihr graues Haar steht in dicken, verfilzten Strähnen wirr vom Schädel ab. Als sie dich erblickt, verzerrt sich ihre Miene zu einem schiefen Grinsen, und sie kommt vollends aus ihrem Unterschlupf hervor. Ihr dürrer Leib ist in viele Lagen schmutzig-braunen Stoffes gehüllt, zwei überfütterte, offenbar zahme Frettchen wuseln bei jedem Schritt um ihre Füße. Sie verschränkt die Arme vor der Brust und starrt dich an. Du hältst inne und überlegst kurz. Falls Bolko hier vorbeigekommen ist, könnte die Frau ihn gesehen haben. Vielleicht kann sie dir sagen, wohin er von hier aus gegangen ist? Andererseits sieht sie nicht gerade vertrauenserweckend aus. Willst du dennoch zu ihr gehen, um mit der Alten zu reden (weiter bei **21**)? Oder beeilst du dich, dem Querweg nach links (**43**) oder nach rechts zu folgen (**161**)?

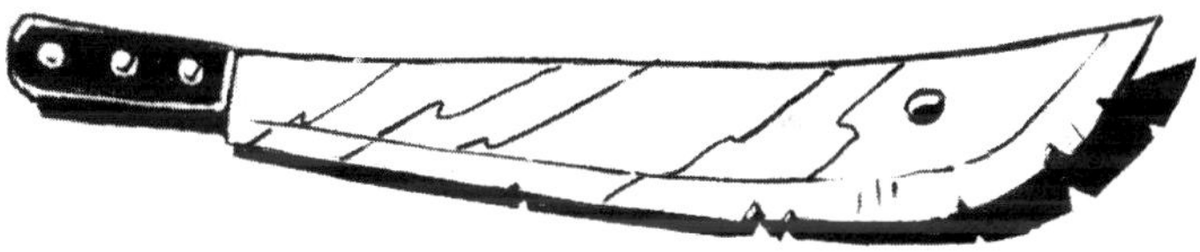

234 Langsam, die Hände zum Zeichen der Friedfertigkeit erhoben, näherst du dich dem verletzten Wesen. Es faucht nervös, verstummt aber rasch, möglicherweise zu sehr geschwächt vom Blutverlust. Mithilfe eines starken Astes, den du mit der Machete von einem Baum schlägst, gelingt es dir, die stählernen Kiefer der Bärenfalle so weit auseinanderzuhebeln, dass der Gefangene sein Bein herausziehen kann. Er seufzt erleichtert – und beginnt zu deiner Überraschung zu sprechen. Freet, so der Name deines stacheligen Gegenübers, bedankt sich vielmals für deine Hilfe. Du erfährst, dass er zum Stamm der Igler gehört, friedlichen Stachelhäutern, die in unterirdischen Bauten im Nordosten des Waldes leben. Bei einem Ausflug hat er sich verirrt und ist, nichts Böses ahnend, in diese gemeine Falle getappt. Mit zusammengebissenen Zähnen inspiziert Freet seine Wunde. Gemeinsam sucht ihr das umliegende Gebüsch nach Kräutern ab, dann hilfst du dem Igler, einen Verband mit einer Paste aus heilkräftigen Blättern um sein verletztes Bein zu wickeln. Er bedankt sich erneut und besteht darauf, dir für deine Hilfe zwei Goldmünzen zu schenken. (Vermerke sie auf deinem **Abenteuerblatt**.) Zum Abschied warnt Freet dich vor den Erbauern der grausamen Falle. Wer immer sie hier aufgestellt habe, sei gewiss niemand, dem man gern begegnen wolle. Mit diesen Worten verschwindet er im Gebüsch. Du kehrst auf den Pfad zurück und folgst diesem nach **100**.

235 Du wirfst noch eine Münze in die dunkle Öffnung. (Korrigiere dein **Abenteuerblatt** entsprechend.) Mit einem leisen *Pling* berührt sie beim Fallen die Brunnenwand, dann meldet sich die gespenstische Stimme wieder zu Wort:

Hab Dank für diese Münze Gold!
Noch eine, dann ist Glück dir hold.

Kommst du der Aufforderung nach und wirfst eine weitere Münze hinab (sofern du noch eine besitzt), weiter bei **24**. Hast du die Nase voll und folgst lieber dem Pfad, weiter bei **100**.

236 Mit einem Kampfschrei brichst du aus dem Unterholz hervor und stürmst auf die Gnome zu. Für einen kurzen Moment sind die kleinen Kerle starr vor Schreck, dann jedoch macht sich ein hämisches Grinsen auf ihren warzigen Gesichtern breit. Noch bevor du sie erreicht hast, haben alle drei spitze Krummdolche gezückt, und an der routinierten Art, wie sie damit geschwind Kampfpositionen einnehmen, lässt sich ablesen, dass sie im Umgang mit Klingen weitaus mehr Übung haben als du. Ehe du weißt, wie dir geschieht, bist du eingekreist! Ein sengender Schmerz fährt dir durch die Seite, als Lurm einen ersten blitzschnellen Treffer mit seinem Dolch landet, es folgen Gromek und Zamek, dann wieder Lurm … Augenblicke später liegst du leblos am Boden, während dein Blut den Forst von Yorrok düngt. Dein Abenteuer ist zu Ende.

237 Mit spitzen Fingern setzt du das Amulett mit dem Elefantentier so in das Loch, dass die auf seiner Rückseite eingemeißelte III zu dir weist. Nichts geschieht. »Äh … ich glaube, das war irgendwie nicht richtig«, murmelt Bolko an deiner Seite. In diesem Moment senken sich unter lautem Knirschen drei steinerne Klappen vor die runden Öffnungen und verschließen sie so dicht, dass nicht einmal die kleinste Rille in der Wand zurückbleibt. Weiter bei **107**.

238 Nach einer Weile hast du den Eindruck, als würde es vor dir etwas heller. Wenig später trifft der Pfad auf einen Querweg. Der rechte Arm dieser

T-Kreuzung ist schmal, verwildert und teilweise von Lianen und Schlingpflanzen überwuchert. Der linke Weg wirkt deutlich einladender: Er ist breiter, der Boden platt und niedergetrampelt wie von den Füßen großer Tiere. Ratlos hältst du inne. *Welche Richtung mag Bolko eingeschlagen haben?*, überlegst du und versuchst, dich in die Lage deines dicken, faulen Vetters zu versetzen. Wählst du den linken, breiten Pfad (weiter bei **33**) oder den rechten, verwilderten (**68**)? Verfügst du über das Talent VORAHNUNG, weiter bei **135**.

239 Du folgst dem Tunnel eine ganze Weile. Schließlich endet er am Grund eines runden, gemauerten Schachts, der senkrecht in die Höhe führt. Hoch droben ist ein Punkt grünlich gefärbten Tageslichts zu erkennen, und da in die Ziegelwand rostige Eisensprossen eingelassen sind, fällt es dir nicht schwer, hinaufzuklettern. Der Schacht mündet in einen gemauerten Brunnen. Du kletterst über die Umrandung und siehst dich um. Wenige Schritte entfernt verläuft ein Pfad durchs Dickicht, dem du kurzerhand folgst. Weiter bei **147**.

240 Als du dem Oger dein Angebot unterbreitest, zögert er. Dann hörst du ihn murmeln: »Die dreckige kleine Wanze hat also Goldstücke, wie? Wer Goldstücke hat, hat bestimmt auch noch andere kostbare Dinge!« Knirschend wird der Riegel zurückgeschoben, und der riesige Gefängniswärter schiebt sich zu dir in die Zelle. Grob durchwühlt er deine Taschen und deinen Rucksack und nimmt sämtliche Goldmünzen und sonstige Gegenstände an sich, die du bei dir trägst. (Korrigiere dein **Abenteuerblatt** entsprechend.) Mit einem zufriedenen Grinsen kehrt Murzak auf den Flur zurück und knallt die Tür hinter sich zu. Weiter bei **87**.

241 Vorsichtig, immer darauf gefasst, deinen Arm beim kleinsten Anzeichen von Gefahr zurückzuziehen, greifst du in das finstere Astloch. Du ertastest feuchtes, knorriges Holz … und etwas Kaltes, Glattes, das du sogleich packst und herausholst. Es handelt sich um ein kleines Fläschchen, eine Phiole aus dunkelgrünem, schön geschliffenem Glas. Sie ist mit einer durchsichtigen Flüssigkeit gefüllt. Du ziehst den Korken und schnupperst daran, doch der Inhalt riecht nach nichts. Möchtest du davon trinken, weiter bei **218**. Falls nicht, kannst du das Gefäß auch für später in deinem Rucksack verstauen (vermerke die Phiole in diesem Fall auf deinem **Abenteuerblatt**) und deinen Weg bei **50** fortsetzen.

242

Angespannt schleichst du zwischen den Wänden des Hohlwegs hindurch. Dir ist nicht wohl dabei, durch eine enge Röhre zu marschieren, ständig der Gefahr ausgesetzt, dass jemand dich von oben angreifen könnte. Wie aufs Stichwort hörst du plötzlich das Rieseln von Erde, gefolgt von einem markerschütternden Heulen. Du reißt den Kopf in die Höhe – und starrst in die glühenden Augen eines Rudels tiefschwarzer, wolfsähnlicher Kreaturen, die über dir, zu beiden Seiten des Hohlwegs, aufgetaucht sind! Es sind gedrungene Tiere mit sechs muskulösen Beinen, aus deren Rücken armlange, spitze Stacheln ragen. Schon machen sie Anstalten, zu dir herabzuspringen! Verfügst du über das Talent TIERSPRACHE? Wenn ja, weiter bei **181**. Besitzt du diese besondere Gabe nicht, **befrag das Schicksal**: Ist das Ergebnis ᛚ, ᛏ oder ᛗ, weiter bei **102**. Bei jeder anderen Rune weiter bei **19**.

243 Ein kalter Schauer läuft dir über den Rücken, als du spürst, wie deine Hände von der knotigen Oberfläche der Liane abrutschen! Verzweifelt versuchst du, dich festzuklammern, doch im gleichen Maß, mit dem dein Pendelradius über dem Tümpel zunimmt, wächst auch das Gewicht, das an deinen Händen zerrt. Am äußersten Punkt der Schwungbahn verlierst du den Halt und landest laut platschend im Wasser. Mit raschen Zügen tauchst du zur Oberfläche empor ... als sich plötzlich dicke, schleimige Tentakel um deine Fußknöchel wickeln und dich erbarmungslos nach unten ziehen! Verzweifelt kämpfst du gegen den monströsen Angreifer, doch alles Strampeln und Treten nützt nichts. Mit deinem Todesschrei entweicht deine letzte Atemluft in dicken Blasen Richtung Wasseroberfläche. Dir wird schwarz vor Augen. Dein Abenteuer endet in einem brackigen Tümpel im Herzen des Forsts von Yorrok.

244 Die Augen der Alten weiten sich gierig, als du das Büschel bunter Papageienechsen-Federn aus deinem Rucksack ziehst. »Bezaubernd! Genau das Richtige für eine Schönheit wie mich«, kräht sie begeistert, reißt dir das Geschenk aus der Hand und beginnt, sich eine Feder nach der anderen in die verfilzte Haarmasse auf ihrem Kopf zu stecken. Binnen Kurzem sieht sie aus wie ein räudiger Papagei. Aber immerhin lächelt sie nun versöhnlich. Du nutzt die Gunst des Augenblicks und wiederholst deine Frage nach Bolko.

»So ein kleiner Fettwanst im Frack? Ja, der ist hier durchgekommen, vor knapp zwei Tagen«, gibt die Alte Auskunft, während sie sich in einer Spiegelscherbe, die sie in den Tiefen ihrer Gewänder gefunden hat, glücklich von oben bis unten betrachtet. »Bettelte mich um Essen an. Faselte die ganze Zeit etwas von irgendeinem Schatz …«

»Wohin ist Bolko gegangen?«, hakst du nach. »Welchen Weg hat er von hier eingeschlagen?«

Die Alte deutet mit einem Finger, an dem ein klauenartiger Nagel sitzt, den rechten Pfad hinunter. »Da lang!«

Dein Herz macht vor Freude einen Sprung. Endlich ein brauchbarer Hinweis! Du verspürst den Drang, dich sofort wieder auf den Weg zu machen. Wenn Bolko nur zwei Tage Vorsprung hat, kannst du ihn vielleicht einholen. Willst du dich bedanken und dem Pfad nach rechts folgen (weiter bei **161**), oder möchtest du noch einen Augenblick länger bei der alten Frau verweilen und dich mit ihr unterhalten (**61**)?

245 Endlos lange, so kommt es dir vor, folgst du dem Pfad, der sich mal hierhin, mal dorthin windet, dabei aber stets eine grob südliche Richtung beibehält. Unter der dichten Dunstglocke ringsum hörst du es blubbern und plätschern, in der Ferne rülpsen dicke Kröten. So dunkel und unwirtlich es zuvor zwischen den finsteren Bäumen war, allmählich wünschst du dir den schattigen, dafür festen Wildpfad unter deine Füße zurück. Schließlich erreichst du einen alten, windschiefen Wegweiser. Ein halb verfaulter hölzerner Pfeil weist nach links, wo sich ein knapp einen Meter hoher Wall aus unbehauenen Steinen durch den Nebel in die Ferne schlängelt. Auf dem Brett sind fremdartige Symbole aufgemalt. Verfügst du über das Talent SCHRIFTENKUNDE, weiter bei **191**. Besitzt du diese besondere Gabe nicht, musst du auf gut Glück entscheiden, ob du dich nach links wenden und ab jetzt auf dem Steinwall entlangmarschieren möchtest (**41**) oder lieber dem bisherigen Pfad folgst (**170**).

246 Wenige Minuten später endet der Pfad an einem Querweg. Linker Hand geht es steil bergab in einen schattigen Hohlweg, der sich zwischen lehmigen Erdwänden hindurchwindet. Aus der schattigen Tiefe erklingt ein schauerliches Heulen, das dich an Wölfe denken lässt. Ohne weiter zu überlegen, biegst du nach rechts ab. Weiter bei **70**.

247 Du schließt die Augen und lauschst für einige Sekunden in dein Inneres. Es dauert nicht lange, da überkommt dich die beruhigende Gewissheit, dass Bolko tatsächlich vor Kurzem hier war – und dass er auf seiner Route den Pfad nach links eingeschlagen hat. Zufrieden öffnest du die Augen wieder, schiebst dich an dem Ameisenhaufen vorbei und folgst dem Querweg nach links. Weiter bei **77**.

248 Vogelschwärme ziehen unterhalb des natürlichen Gewölbes dahin, das das Blätterdach über deinem Kopf gebildet hat. So beeindruckend der Anblick ist, du fühlst dich irgendwie unbehaglich, so als wärst du nicht allein. Immer wieder spähst du prüfend ins Dickicht ringsum, doch nichts ist zu sehen. Nach einer Weile erreichst du einen Baum, an dessen Stamm auf halber Höhe so etwas wie ein Baumhaus angebracht ist, ein windschiefer Verschlag aus Holz und Blattwerk. Du überlegst gerade, ob du es dir genauer ansehen sollst, da ertönt hinter dir ein berstendes Geräusch, als ob nicht weit entfernt ein großer Baum umstürzt. Stampfende Schritte bringen den Waldboden zum Erbeben, dann zuckt im Dickicht ein greller Blitz auf, und ein ohrenbetäubendes Trompeten dröhnt durch den Busch. Du hast keine Lust abzuwarten, was für ein Monster sich dort nähert, daher lässt du das Baumhaus links liegen und rennst den Pfad entlang, so schnell du kannst. Erneut ertönt der sonderbare, trötende Laut, gefolgt vom schweren Tritt vieler massiger Lebewesen. Da taucht eine Weggabelung vor dir auf. Ohne lange zu überlegen, schlägst du den Pfad nach rechts ein. Nachdem du ihm eine Weile gefolgt bist, verebbt der Lärm hinter dir allmählich. Du hast die geheimnisvollen Verfolger abgehängt! Weiter bei **57**.

249 Du hechtest vorwärts, robbst auf dem Bauch über den feuchten Boden und versuchst, dic Schnur, die die Klappe immer weiter öffnet, mit den Händen festzuhalten. Doch sie ist zu dünn und rutscht ungehindert durch deine Finger. Das Gegengewicht sinkt zu Boden, und wenige Augenblicke später steht der Verschlag vollständig offen. Du stößt einen Laut des Ekels aus, als du erkennst, was sich dahinter befindet: In einer Aussparung, ungefähr so groß wie ein Kleiderschrank, befinden sich unzählige faustgroße, grünpelzige Baumspinnen! Schon gerät der Haufen ins Rutschen und ergießt sich auf den Boden. Zielstrebig wuseln die achtbeinigen Tiere auf dich zu. Du rennst zur Tür und versuchst, sie zu öffnen, doch der hinterhältige Mechanismus hat sie fest verriegelt. Schon haben dich die ersten Spinnen erreicht und huschen in Windeseile an deinen Beinen empor! Panisch versuchst du, die ekligen Angreifer abzuschütteln und sie auf dem Boden zu zertreten, doch es sind zu viele. Du spürst ein Stechen, als die erste Spinne ihre Fangzähne durch deine Kleidung schlägt, und rasch folgen weitere. Im gleichen Maß, mit dem mehr und mehr Spinnengift in deine Blutbahn gelangt, wird dein Rütteln an der Tür schwächer. Schließlich sinkst du zu Boden, wo du sogleich unter einer Woge widerlich pelziger Körper begraben wirst. *Hoffentlich schafft es Bolko lebendig nach Hause*, ist dein letzter Gedanke, bevor es schwarz um dich herum wird. Dein Abenteuer endet tief unter dem Forst von Yorrok.

250 Der Bauer bringt euch zunächst zu seinem Heimatdörfchen am Ufer des Flusses Golch, wo ihr zu essen bekommt, während der ortsansässige Heiler sich um eure Verletzungen kümmert. Anschließend leiht man euch zwei Maultiere, auf denen ihr Richtung Osten reitet, bis ihr die Große Allee erreicht. Auf dieser gut befestigten Handelsstraße reist ihr nach Norden, bis endlich am Horizont die rauchenden Schornsteine von Roog auftauchen! Der Empfang in eurem Heimatdorf ist überschwänglich und tränenreich. Längst hatten eure Eltern euch für tot gehalten und zu eurem Gedenken eine Trauerfeier abgehalten. Entsprechend verschwenderisch wird nun eure Rückkehr gefeiert. Am Abend findet ein großes Fest statt, zu dem sämtliche Bewohner des Dorfes geladen sind. Es gibt gebratenen Ochsen am Spieß, man singt und lacht, und Bolko muss ein ums andere Mal von dem unglaublichen Abenteuer erzählen, das hinter euch liegt. Erschöpft, wie du bist, freust du dich, dass er diese anstrengende Aufgabe übernimmt … zumindest, bis du zufällig *seine* Version der Geschichte mitbekommst. Fassungslos hörst du mit an, wie »Bolko der Große« angeblich mutterseelenallein den legendären Ogerschatz gefunden und dich anschließend durch seinen selbstlosen Einsatz aus den Klauen der blutrünstigen Riesen gerettet hat. Du willst gerade einschreiten und die Sache richtigstellen, da berichtet Bolko weiter, wie ihr die Ogerkrone opfern musstet, um lebendig aus dem Wald herauszukommen –

und bricht lauthals in Tränen aus wie ein Kind, dem man sein Lieblingsspielzeug weggenommen hat. Grinsend beschließt du, dass dein Vetter durch den Verlust des Schatzes genug gestraft ist, wobei du im Stillen hoffst, er möge aus seinem lebensgefährlichen Alleingang eine Lehre für die Zukunft gezogen haben. Was bei genauerer Betrachtung allerdings nicht allzu wahrscheinlich ist …

BAND 1

FLUCHT AUS DEM DUNKEL

Dein Name ist Einsamer Wolf.

Bei einem hinterhältigen Angriff der Schwarzen Lords wird das Kloster, in dem du zum Kai ausgebildet wirst, vom Feind zerstört. Du bist der einzige Überlebende!

FLUCHT AUS DEM DUNKEL

Du schwörst Rache. Doch zunächst musst du Holmgard erreichen und König Ulnar vor den Horden des Bösen warnen. Der Weg, der nun vor dir liegt, birgt tödliche Gefahren, und der Feind ist dir dicht auf den Fersen.

Auf jeder Seite dieses Buches musst du dich neuen Herausforderungen stellen, darum wähle deine Waffen und Fähigkeiten mit Bedacht. Nur mit ihrer Hilfe wirst du das fantastischste und spannendste Abenteuer deines Lebens bestehen können.

Die Abenteuer von Einsamer Wolf sind eine einzigartige interaktive Fantasy-Serie. Wenn du dieses Abenteuer überstanden hast, kannst du deinen Kampf gegen das Böse in weiteren Bänden der Reihe Einsamer Wolf fortsetzen.

Werde Teil dieser einzigartigen Rollenspiel-Saga!

WWW.RPC-GERMANY.DE
Role Play Convention
RPC
WELTGRÖSSTES FANTASYEVENT!
A FANTASY GAMING & ENTERTAINMENT EVENT
Find us on Facebook
FACEBOOK.COM/ROLEPLAYCONVENTION
WWW.RPC-GERMANY.DE